Coleção Literatura Brasileira

TOMÁS ANTÔNIO GONZAGA

1. MARÍLIA DE DIRCEU

MACHADO DE ASSIS

1. RESSURREIÇÃO • 2. A MÃO E A LUVA • 3. HELENA • 4. IAIÁ GARCIA • 5. MEMÓRIAS PÓSTUMAS DE BRÁS CUBAS • 6. QUINCAS BORBA • 7. DOM CASMURRO • 8. ESAÚ E JACÓ • 9. MEMORIAL DE AIRES • 10. CONTOS FLUMINENSES • 11. HISTÓRIAS DA MEIA NOITE • 12. PAPÉIS AVULSOS • 13. HISTÓRIAS SEM DATA • 14. VÁRIAS HISTÓRIAS • 15. PÁGINAS RECOLHIDAS • 16. RELÍQUIAS DE CASA VELHA • 17. CASA VELHA • 18. POESIA COMPLETA • 19. TEATRO.

LIMA BARRETO

1. RECORDAÇÕES DO ESCRIVÃO ISAÍAS CAMINHA • 2. TRISTE FIM DE POLICARPO QUARESMA • 3. NUMA E A NINFA • 4. VIDA E MORTE DE M. J. GONZAGA DE SÁ • 5. CLARA DOS ANJOS • 6. HISTÓRIAS E SONHOS • 7. CONTOS REUNIDOS.

JOSÉ DE ALENCAR

1. GUARANI (1857) • 2. A VIUVINHA (1860) - CINCO MINUTOS (1856) • 3. LUCÍOLA (1860) • 4. IRACEMA (1854) • 5. ALFARRÁBIOS • 6. UBIRAJARA (1874) • 7. SENHORA (1875) • 8 . ENCARNAÇÃO (1893).

MANUEL ANTÔNIO DE ALMEIDA

1. MEMÓRIAS DE UM SARGENTO DE MILÍCIAS

EDUARDO FRIEIRO

1. O CLUBE DOS GRAFÔMANOS • 2. O MAMELUCO BOAVENTURA • 3. BASILEU • 4. O BRASILEIRO NÃO É TRISTE • 5. A ILUSÃO LITERÁRIA • 6. O CABO DAS TORMENTAS • 7. LETRAS MINEIRAS • 8. COMO ERA GONZAGA? • 9. OS LIVROS NOSSOS AMIGOS • 10. PÁGINAS DE CRÍTICA • 11 O DIABO NA LIVRARIA DO CÔNEGO • 12. O ALEGRE ARCIPRESTES • 13. O ROMANCISTA AVELINO FÓSCOLO • 14. FEIJÃO, ANGU E COUVE • 15. TORRE DE PAPEL • 16. O ELMO DE MAMBRINO • 17. NOVO DIÁRIO.

BERNARDO GUIMARÃES

1. A MINA MISTERIOSA • 2. A INSURREIÇÃO • 3. O BANDIDO DO RIO DAS MORTES • 4. A ESCRAVA ISAURA.

MÁRIO DE ANDRADE

1. OBRA IMATURA • 2. POESIAS COMPLETAS • 3. AMAR, VERBO INTRANSITIVO • 4. MACUNAÍMA • 5. OS CONTOS DE BELAZARTE • 6. ENSAIO SOBRE A MÚSICA BRASILEIRA • 7. MÚSICA, DOCE MÚSICA • 8. PEQUENA HISTÓRIA DA MÚSICA • 9. NAMOROS COM A MEDICINA • 10. ASPECTOS DA LITERATURA BRASILEIRA • 11. ASPECTOS DA MÚSICA BRASILEIRA • 12. ASPECTOS DAS ARTES PLÁSTICAS NO BRASIL • 13. MÚSICA DE FEITIÇARIA NO BRASIL • 14. O BAILE DAS QUATRO ARTES • 15. OS FILHOS DA CANDINHA • 16. PADRE JESUÍNO DO MONTE CARMELO • 17. CONTOS NOVOS • 18. DANÇAS DRAMÁTICAS DO BRASIL • 19. MODINHAS IMPERIAIS • 20. O TURISTA APRENDIZ • 21. O EMPALHADOR DE PASSARINHO • 22. OS COCOS • 23. AS MELODIAS DO BOI E OUTRAS PEÇAS • 24. TÁXI E CRÔNICAS NO DIÁRIO NACIONAL • 25. O BANQUETE.

O DIABO NA LIVRARIA DO CÔNEGO

Diretor editorial
Henrique Teles

Produção editorial
Eliana Nogueira

Arte gráfica
Ludmila Duarte

Revisão
Cláudia Rajão

Desenho de capa
Cláudio Martins

EDITORA GARNIER
Belo Horizonte
Rua São Geraldo, 67 - Floresta - Cep.: 30150-070 - Tel.: (31) 3212-4600
e-mail: vilaricaeditora@uol.com.br

EDUARDO FRIEIRO

O DIABO NA LIVRARIA DO CÔNEGO

3ª Edição

GARNIER
desde 1844

Dados Internacionais de Catalogação na Publicação (CIP) de acordo com ISBD

Frieiro, Eduardo

O diabo na livraria do Cônego/ Eduardo Frieiro. - 3. ed. - Belo Horizonte - MG : Garnier, 2020.
124 p.; 16 cm x 23 cm.

Inclui índice.
ISBN: 978-65-990765-7-2

1. História. 2. Minas Gerais. Título

CDD 918.15
CDU 94(815.1)

Índice para catálogo sistemático:

1. História : Minas Gerais 918.151
2. História : Minas Gerais 94(815.1)

ÍNDICE

EDUARDO FRIEIRO

Exemplar com emendas, para possível 2ª edição

O DIABO na livraria do Cônego

Itatiaia

O DIABO NA LIVRARIA DO CÔNEGO *

Adeus, meus respeitos ao Diabo, porque é ele quem governa o mundo. — Carta de Voltaire a d'Alembert, datada de 15 de agosto de 1769.

QUEM ERA O CÔNEGO?

Parece o título de um conto à maneira de Anatole France ou Alfredo Panzini. Mas não é conto. O que se vai ler é um tímido ensaio bibliográfico à margem da Inconfidência Mineira. O Cônego a que aludiremos é Luís Vieira da Silva, o mais instruído e eloquente de todos os conjurados mineiros, na opinião do historiador Joaquim Norberto de Sousa Silva[1] opinião que o historiador José Pedro Xavier da Veiga considerou exagerada. Para José Pedro Xavier da Veiga[2], e para alguns outros, foi Cláudio Manuel da Costa a cabeça mais forte da Conjuração, em que se viram envolvidos tantos homens de valor: poetas, oradores, eruditos, jurisconsultos e homens de ciência.

Não é muito o que se sabe a respeito do Cônego inconfidente. E nossa ignorância seria talvez total, se não fossem as trágicas circunstâncias que o fizeram cair nas unhas implacáveis da justiça política. Que era uma cabeça sólida e um caráter de têmpera forte patvce parece demonstrado pela firmeza e dignidade com que respondeu aos interrogatórios a que foi submetido na Devassa, enquanto os outros implicados, à exceção de dois ou três, procediam com incrível fraqueza e leviandade, já agravando a culpa de que os acusavam, já não vacilando na acusação dos próprios companheiros. Mas a fraqueza neste caso, deve-se reconhecê-lo, era bem humana, e perdoável sobretudo quando se consideram os métodos de terrorização de que lançavam mãos as autoridades incumbidas de zelar pela segurança dos estados. Não foi outra a causa que levou Cláudio Manuel ao suicídio, senão o terror incoercível que a gestapo do Reino incutiu no fraco ânimo do poeta, então sexagenário.

* Publicado primeiramente em livro (Edição da Livraria Cultura Brasileira, Belo Horizonte, 1945). Reproduzido agora com acréscimos e notas.

1) *História da Conjuração Mineira,* por J. Norberto de Sousa Silva, Rio de Janeiro, 1873, p. 354: "Era ele o mais instruído e o mais eloquente de todos os conjurados, e houve-se nos seus interrogatórios com muita dignidade. Não se culpou, como Tiradentes, convertendo a leviandade em confissãoheroica. Não lançou a culpa à conta de seus companheiros de infortúnio, como Alvarenga Peixoto. Não procurou vingar-se pela delação, conluiando-se para isso com os Toledos e os Oliveira Lopes. Não converteu a amizade em ódio e o ódio em delação, como o Padre José da Silva. Não converteu o martírio em suicídio, como Cláudio Manuel da Costa. Não argumentou com a lógica escolástica e os sofismas de Gonzaga. Defendeu-se com a energia da sua inocência, com a dignidade de seu merecimento, com o entusiasmo do amor da pátria, e profetizou a independência da terra que o viu nascer, como afinal veio a operar-se."

2) *Efemérides Mineiras*, 2ª edição, 1926, vol. II, p. 115 e 119.

Os melhores e mais completos dados que conhecemos sobre a vida de Luís Vieira acham-se na obra do Cônego Raimundo Trindade, *Arquidiocese de Mariana (Subsídios para sua história)*[3]. Lê-se nessa bem documentada obra que Luís Vieira da Silva nasceu no arraial da Soledade (hoje estação de Lobo Leite, E.F.C.B.), capela filial de Congonhas do Campo, a 20 de fevereiro de 1735, sendo seus pais o Alferes Luís Vieira Passos, que vivia da lavoura e do ofício de carpinteiro, e sua mulher Josefa Maria do Espírito Santo, portugueses ambos, casados no Brasil, na mencionada capela. Aos quinze anos entrava para o Seminário de Mariana, onde esteve dois anos, indo depois completar o curso de Filosofia, em que se graduou, e de Teologia moral, no Colégio dos Jesuítas em São Paulo. Recebeu todas as ordens do Bispo D. Frei Manuel da Cruz, e já antes de seu sacerdócio exercia o magistério no Seminário Episcopal de Mariana, regendo a cadeira de Filosofia, a qual esteve a seu cargo, com pequenas interrupções, até o dia em que o prenderam.

É ainda aquele historiador da Igreja marianense que refere ter sido Luís Vieira vigário da vila de São José del Rei, cuja paróquia passou ao Padre Carlos Corrêa de Toledo e Melo, mais tarde seu companheiro de desdita. Informa-nos, igualmente, que, "*apresentado por C. R. de 1781 ao canonicato que vagou por óbito do Cônego Francisco Gomes de Sousa, só pôde ser colado em virtude de um recurso à Coroa, a que deu provimento o ouvidor Tomás Antônio Gonzaga, firmado em luminosas razões que muito acreditavam a ciência jurídico-canônica do inditoso Dirceu.*"

O Padre Luís Vieira caíra no desagrado do Cabido. Acusavam-no de simonia. Incorrera em pena de excomunhão. Não podia portanto ser colado. Isso porque — alegava-se — revelara, por influência de poderosa dama, os pontos de certo concurso a um padre que nele entrava. Tudo, porém, não teria passado de calúnia, segundo o Cônego Trindade, que diz, na obra citada:

"*As razões de Gonzaga deitaram por terra a calúnia e intimaram a colação, que se verificou pacificamente perante o vigário geral Vicente Gonçalves a 25 de março de 1783.*"

Sim, podia ter sido calúnia. E podia ter sido verdade. Vai-se lá saber. De qualquer forma, se calúnia houve, isso pode fazer crer que o sacerdote por ela visado não era pessoa de virtude inatacável. E a defesa de Gonzaga não prova muito. Gonzaga não tinha bom nome como juiz. Na opinião do Secretário de Estado Martinho de Melo e Castro, exarada em documento de informação por ele prestada ao Visconde de Barbacena, o poeta ouvidor não passava dum magistrado corrupto e venal. Acusação da maior gravidade. As razões do juiz seriam "luminosas" (como diz o mencionado historiador Cônego Trindade) mas traziam talvez água no bico.

Em Portugal, para onde seguira em 1792 a fim de cumprir pena de prisão perpétua, esteve o Cônego quatro anos na fortaleza de São Julião, sendo transferido depois para diferentes conventos. Fez lá também inimigos entre companheiros de batina e viu-se envolvido em escandalosas brigas de sacristia, como se ainda estivesse em

3) Cônego Raimundo Trindade, Arquidiocese de Mariana (Subsídios para sua história), São Paulo, 1929, vol. II, p. 1038 e seguintes.

sua Sé de Mariana. Em fins de 1801, ou princípios do ano seguinte, recuperou a liberdade e, segundo consta, regressou ao Brasil, indo viver em Angra dos Reis, onde teria falecido.

Era homem de bom exemplo, estimável pelo caráter, como o era por suas boas letras e pregações? Nada podemos conjeturar. Ignoramos como procedia comumente. Entretanto — é permitido notá-lo — as únicas notícias precisas acerca de suas ações referem-sea fatos que induziriam a considerar com certa reserva a sua conduta de sacerdote e homem do mundo. Primeiro, é a acusação de simonia; depois, a de conspiração contra o poder público e, finalmente, a de rixas e inimizades, no desterro, com colegas seus. Havia falhas na sua conduta? Era homem intranquilo e descontente, dono talvez duma personalidade ingrata, como pela maior parte o eram os sacerdotes que então se metiam em intrigas políticas?

Seria temerário arriscar qualquer opinião, pois faltam totalmente os elementos de juízo. E é pena. A tarefa que cabe ao historiador é a busca do homem.

Ficaram indícios, entretanto, de que os cônegos da Sé de Mariana, ao tempo de Luís Vieira da Silva, não eram modelos de virtudes sacerdotais. Nada queremos afirmar por nossa conta. Louvamo-nos na opinião insuspeita do Cônego Raimundo Trindade, historiador da Igreja marianense. Lê-se na sua obra *Arquidiocese de Mariana*, segunda edição, Imprensa Oficial, Belo Horizonte, 1953, vol. 1, p. 153:

"*Os cônegos de Mariana, tendo pouco que fazer, divertiam-se com escandalosas brigas, nauseantes mexericos de sacristia, que causavam ao bispo intenso mal-estar, nojo intolerável. Resolveu-se por isto a transferir-se para Vila Rica, onde de fato se instala definitivamente, em 1788.*"

O Bispo não os aguentava, e achou melhor buscar sossego fora da sede, no seu hospício de Vila Rica. Fugiu! Único meio de se livrar dos cônegos irrequietos.

Em uma memória histórica sobre a Capitania de Minas Gerais, escrita em 1806 e atribuída ao Dr. Diogo Pereira Ribeiro de Vasconcelos[4] figura a relação das pessoas ilustres da Capitania, da qual consta esta referência:

"*Luís Vieira da Silva, presbítero secular, antigo lente de Filosofia da cidade de Mariana, possui um grande fundo de erudição: seus discursos oratórios lhe granjgearam créditos, e suas desgraças, compaixão.*"

Por esse testemunho ficamos sabendo que era homem instruído e orador de bons créditos. Mas, que nos conste, só chegou até nós um discurso por ele pronunciado: o elogio fúnebre do Revmo. Dr. Lourenço José de Queirós Coimbra e Vasconcelos, a 12 de outubro de 1784, na matriz de Sabará, e que, segundo informa Lúcio José dos Santos na sua valiosa obra *A Inconfidência Mineira*, existe no arquivo da Câmara eclesiástica de Mariana. Esta produção oratória vem reproduzida integralmente na citada obra do Cônego Trindade *Arquidiocese de Mariana*, 1ª edição, Vol. II. É no melhor gosto da época[5].

4) Ver *Pessoas ilustres da Capitania Mineira*, "Revista do Arquivo Público Mineiro", I, 1896, p. 443.

5) Cônego Raimundo Trindade, obra citada, p. 1050-1053. Outros dados em *São Francisco de Assis de Ouro Preto*, Publicações do DPHAN, n.º 17, p. 216-236.

Pelos *Autos de Devassa da Inconfidência* sabe-se que o escolhiam para falar em ocasiões solenes e fora sua a oração fúnebre nas exéquias do Infante D. José de Portugal, em Vila Rica. Isto, parece, bastou para que Norberto o considerasse o mais eloquente dos homens implicados na Conjuração.

Ainda pelos referidos Autos de Devassa, fonte quase única de informações sobre a maioria dos inconfidentes, sabe-se que Luís Vieira da Silva era cônego da Sé de Mariana, quando o prenderam, contava cinquenta e quatro anos de idade, tinha mãe que com duas filhas solteiras passava necessidade no arraial do Ouro Branco (de cuja freguesia ele próprio se disse natural[6], porque a capela de Soledade, na ocasião de seu nascimento, era filial da freguesia de Ouro Branco, passando depois para a de Congonhas do Campo) e era pai de uma senhora que tinha o marido ausente em Portugal.

Que o Cônego, que nunca fora casado, tivesse uma filha, a ninguém escandalizava naqueles tempos em que a moral dos costumes era muito tolerante a este respeito. Cláudio Manuel, celibatário, tinha duas filhas. Outro celibatário, o Tiradentes, tinha uma. Outro ainda, o poeta ouvidor Gonzaga, português dos bons e portanto de "condição namorada", nada platônico, deixou em Minas pelo menos um filho das ervas. O Padre José da Silva e Oliveira Rolim, célebre por seus abusos, desinquietador de famílias e que tomara ordens para fugir à punição de um crime de morte que cometera, era pai de três ou quatro filhos menores, segundo a voz pública. Ter filhos naturais era então a coisa mais natural deste mundo; sem exceção para os padres, que costumavam ser muito bons padreadores. Casados e celibatários, clérigos e seculares, dentro e fora do matrimônio, todos pareciam apostados em povoar o mais depressa possível o nosso vasto e despovoado território, e com isso bem mereceram da pátria. Entre as pessoas de maior consideração existiam algumas que só deixavam "filhos naturais e pardos", como disse um observador do fato. E outro observador deixou dito que toda essa família irregular vivia sem escândalo ao lado da regular, "cristãmente, catolicamente consagrada às claras".

Homem de escassos haveres, como o prova a relação de seus bens sequestrados pelas autoridades da Devassa, o Cônego Luís Vieira da Silva possuía entretanto uma livraria muito bem abastecida, realmente notável para o tempo e o lugar. A lista dos livros sequestrados mostra que o seu possuidor era um espírito altamente cultivado e receptivo, uma inteligência aberta aos mais variados aspectos do saber. Que era o mais instruído dos conjurados, como queria Norberto, facilmente se admite. Basta correr os olhos pela lista dos seus livros. Por isso o erudito Alberto Faria foi mais longe e considerou o Cônego "a maior ilustração colonial da época"[7], isto é, a pessoa mais instruída do Brasil em fins do século XVIII. O elogio é grande, mesmo por comparação com o atraso e a apatia espiritual em que vivia a Colônia por aquele tempo. A educação pouco progredira; os conhecimentos dos eclesiásticos limitavam-

6) Ver o vol. II, p. 115, dos *Autos de Devassa da Inconfidência Mineira*, publicados pela Biblioteca Nacional (Ministério da Educação), em sete volumes, Rio de Janeiro, 1936-1938.

7) Alberto Faria, *Aérides*, Rio de Janeiro, 1918, p. 225.

se geralmente a um mau latim; e o indivíduo feliz que reunia o conhecimento deste e do francês (leia-se a *História do Brasil de Armitage*[8]) era olhado como um gênio raro, digno de ser visto e ouvido. Ao contrário da América espanhola, que conheceu muito cedo, mal se firmara a Conquista, a imprensa e o ensino universitário, não havia em todo o Brasil uma só tipografia, uma única Universidade.

O quadro geral era esse, numa visão de conjunto. Mas havia, aqui e ali, pequenos núcleos de homens instruídos ou ávidos de instrução, mais ou menos contagiados do "furor de aprender" e da "febre de inteligência", que caracterizaram a última metade do século XVIII, O "século educador", como foi chamado.

As autoridades da Colônia opunham obstáculos à entrada de livros no Brasil? O fato não deve ser exagerado. Em todas as partes e em todos os tempos, as autoridades criaram óbices à circulação dos escritos tidos como perigosos, o que entretanto nunca impediu que tais escritos fossem lidos e até às vezes muito lidos. Na América tal é a opinião do ilustre historiador argentino José Torre Revello[9] leu-se tudo quanto era dado ler na Espanha, e os colonos, de acordo com seus gostos e possibilidades econômicas, leram os livros que desejaram. A este propósito, disse um sagaz intérprete da cultura hispânica, o eminente filólogo e crítico Américo Castro, catedrático de Civilização Ibérica na Universidade norte-americana de Princeton:

"*As bibliotecas do México [referia-se aos séculos XVI e XVII] possuíam livros de alta qualidade. Em 1600, com licença da Inquisição — oh, ironia! — vão para o México quase mil volumes, entre os quais encontramos Copérnico, Telésio, Fracastoro, Erasmo, clássicos gregos, toda a física e a matemática europeias. E não só no México acontecia isso.*[10]"

Provam-no as relações de livros embarcados para o Novo Mundo e os registros de bibliotecas particulares coloniais, como por exemplo a de Melchor Pérez de Soto, arquiteto na Cidade do México, que contava 1592 volumes relativos aos mais variados campos de saber (poesia, novela, fábulas, provérbios, ensaios, obras de linguagem, tratados científicos, etc.) quando foi sequestrada para exame e expurgo, em janeiro de 1655, pelo Tribunal do Santo Ofício, sob a alegação de que continha livros de astrologia judiciária e a acusação de que o seu possuidor a praticava. Não se sabe por que meios certos livros, apesar das proibições, chegavam às mãos de leitores como Pérez de Soto. O fato significativo é que chegavam. Casos excepcionais? Não parece. O que um homem de modesta posição social, como era aquele arquiteto mexicano, pudera granjgear, outros muitos também o teriam conseguido.

8) João Armitage, *História do Brasil*, Rio de Janeiro, 1837, p. 6.

9) José Torre Revello, *Por qué circularon los libros de caballeríaen América enelsiglo XVI*, em "La Prensa", Buenos Aires, 27 de agosto de 1939. Cf. o que diz Ricardo Levene, em Síntese da História da Civilização Argentina, traduzida por J. Paulo de Medeyros, Rio, 1938, p. 121:

"*Tais severas prescrições* [as que proibiam a impressão ou venda de livro algum que tratasse matéria relativa à América, sem a licença legal] *não se cumpriram, assim como tampouco as referentes à circulação de livros proibidos, que, embora figurassem no Index, eram frequentes na América.*"

10) *La peculiaridad lingüística rioplatense*, Buenos Aires, 1941, p. 49.

De nossa parte, não cremos que na América portuguesa as coiusas se passassem de maneira muito diversa. E a nossa convicção se firma no testemunho das livrarias do Cônego Luís Vieira da Silva, dos Dr. Cláudio Manuel da Costa, Inácio José de Alvarenga Peixoto e do Coronel José de Resende Costa, que atestavam um índice de ilustração muito adiantado para o meio em que viviam. Não é pois arriscado afirmar que os intelectuais de Vila Rica leram tudo o que quiseram ler. Do Cônego Luís Vieira, a julgar pelos livros que possuía, pode-se dizer que foi um mineiro que respirou a plenos pulmões os melhores ares do espírito do tempo.

Figure-se isto: um letrado pobre, como era o nosso Cônego — pobreza era geral — tinha em sua casa, nos sertões das Minas Gerais, duzentas e setenta obras, com cerca de oitocentos volumes. Essas centenas de volumes representavam uma biblioteca magnífica para a época e o lugar. Para qualquer lugar naquela época, acrescente-se logo, pois deve-se levar em conta que no tempo de Luís Vieira da Silva as livrarias particulares, mesmo na Europa, não eram consideráveis. A de Kant, por exemplo, não passava de trezentas obras. Um século antes, Spinoza tinha apenas cento e sessenta[11].

Não se sabe, com plena certeza, se o cônego marianense participou efetivamente de um intento de revolta contra o governo da Metrópole. Foi um conspirador? Talvez sim e talvez não. Era, sem dúvida, um patriota que acreditava na implantação, mais cedo ou mais tarde, de um governo independente no Brasil, a exemplo do que se dera nos Estados Unidos da América. E sua responsabilidade intelectual, pode-se muito bem supô-lo, não teria ido além do que ficara em conversas, meras cogitações de homem de pensamento, palavras que o vento leva, Essas palavras, trocadas negligentemente com amigos, foram entretanto recolhidas e envenenadas por cavilosos delatores, e o comprometeram irremediavelmente, junto com outros pacatos literatos de Minas, em circunstâncias que tudo agravavam.

Entre os manuscritos da Biblioteca Municipal do Porto (a referência é do nosso bem informado historiador Afonso de E. Taunay) encontrou-se um papel do maior interesse sobre a Inconfidência. Era uma carta fragmentária, sem assinatura, escrita de um ponto da comarca do Rio das Mortes, em Minas Gerais, a um seu correspondente em Portugal, relatando os fatos, atualíssimos no momento, da conjuração mineira. Em certa passagem rezava o papel:

"*Foi preso Luís Vieira, cônego da Cidade Mariana. Dizem que a sua culpa se limita a terem-lhe achado um livrinho francês, relativo ao levante desta terra, no qual se diz que podiam os habitantes viver sobre si, sem dependência do comércio para o nosso reino, à imitação do que fizeram os Americanos aos Ingleses*[12]."

11) Ver Paul Vulliaud, *Spinoza d'après les livres de ses bibliothèques* (Bibliothèque Chacornac), citado por Georges Friedmann, *Commune*, n.º 19, Mars 1935.

12) A. de E. Taunay, "Boatos sobre os inconfidentes mineiros (1789)" *Jornal do Comércio*, Rio, janeiro de 1943.

Era pouquíssimo, parece, o que se podia articular contra o Cônego. O mesmo sucedia com os outros implicados, excetuado sem dúvida o *Tiradentes*, que falava demais e pagou por isso.

Há os que exageram a importância da conspirata de Vila Rica. E há os que a reduzem a pouco mais de nada. Que revolução, pensam estes, poderia tramar-se a sério, no interior do país, sem armas e sem povo? Como poderia um subalterno alferes, tido por todos como insensato e temerário, comandar tantos superiores?

São de Martim Francisco as seguintes palavras, com as quais concordamos inteiramente:

"*Provável, certo mesmo e muito natural, é haverem os letrados inconfidentes, em entretidas palestras, discutido a marcha e o desdobramento dos destinos humanos, e com especialidade os da promissora colônia. Extrair, porém, daí o desígnio de imediata independência do Brasil é desordenar a verdade histórica com importunas abundâncias de imaginação.*" (*Contribuindo*, S. Paulo, 1921, p. 211).

E também com as de p. 215-216:

"*Uma afirmativa, porém, deve prevalecer desde já: a Inconfidência foi uma comoção regional; simpática, atraente, interessantíssima por mais dum aspecto, mas regional, manifestamente regional. Impulsionou-a o sincronismo da derrama e da reação burocrática antipombalina. Provocrou-a essa caterva rezadora e depravada, que se assenhoreara do ânimo, já semi-louco, da infeliz rainha Dona Maria I.*"

Em todo o caso, não é desarrazoado supor que o Cônego conspirara claramente com alguns dos implicados no processo de rebelião.

O Cônego era um letrado e, talvez, um *clerc* puro, um asceta de torre de papel. Mas entre estes é que em geral se encontram os dissidentes e inconformados, os heréticos, os que, sob uma aparente indiferença pelas coiusas da terra, ruminam no cérebro a subversão e até a destruição da sociedade. Os poetas do "grupo mineiro" versejavam bucolicamente, brincavam de árcades e liam os críticos sociais da longínqua Europa. Vida tranquila, verdadeiramente arcádica, a que levavam nas montanhas mineiras? Nada disso. Andavam roídos pelo descontentamento e ardiam de inquietação. Com a acidez que tinham no coração escreveram às ocultas as causticantes *Cartas Chilenas* e com a pólvora que armazenavam na cabeça teriam tramado imaginativamente só imaginativamente, talvez, — a destruição do governo do Brasil-Colônia.

Fosse como fosse, não era sem alguma razão que se desconfiava do Cônego. Era um *ideólogo*, um *intelectual*, pertencia a uma espécie de indivíduos que já então parecia suspeita aos sustentáculos da Ordem. Na sua biblioteca havia livros perigosos e incendiários. O espírito da Revolta — o espírito de Satã — penetrara nela, cavilosamente escondido nas obras dos escritores e *filósofos* que discutiam o regime que convinha impor aos povos para fazê-los felizes, benignos e amigos das luzes, Voltaire escrevia a d'Alembert, em data de 15 de agosto de 1769: — "*Adeus, meus respeitos ao Diabo, porque é ele quem governa o mundo.*" Ora, o Diabo, o grande Doutor Herético, insinuara-se ali sob o seu melhor disfarce, a letra de imprensa, para perturbar e perder o bom do Cônego. E efetivamente o perdeu.

Que livros eram? É o que tentaremos saber, mediante o escrutínio que faremos na sua biblioteca, guiados pela relação dos volumes que lhe foram sequestrados no processo de inconfidência[13].

13) Sobre os volumes sequestrados ao Cônego, ver *Autos de Devassa da Inconfidência Mineira*, vol. I, p. 436 e seg., e vol. II, p. 277 e seg.

ESCRUTÍNIO NA LIVRARIA DO CÔNEGO

Nosso escrutínio não será como aquele que o barbeiro e o cura fizeram na livraria de D. Quixote, para lançarem à fogueira os excomungados alfarrábios que haviam perturbado a mente fraca de Alonso Quijano *el Bueno*.

Quem leu o livro de Cervantes conhece o episódio. Enquanto D. Quixote dormia, descansando o corpo moído pelas fadigas da sua primeira saída e maltratado pelas pancadas que recebera ao deixar a estalagem que ele por seu mal imaginava ser castelo, o cura e o barbeiro entraram no cômodo em que estavam os livros culpados de tudo e acharam mais de cem grossos volumes encadernados, além de outros pequenos. Livros de cavalarias, quase todos. A criada, assim que os viu, saiu logo do cômodo, benzendo-se, e voltou depressa com uma tigela de água benta e um hissope: "Tome Vossa Mercê, senhor Licenciado (disse ao sacerdote), regue esta casa toda com água benta, não ande por aí algum encantador, dos muitos que moram por estes livros, e nos encante a nós, em troca do que nós lhe queremos fazer a eles, desterrando-os do mundo." O cura riu-se da simplicidade da criada e deu início com o barbeiro ao *auto-de-fé*, do qual com justiça salvaram todas as obras que tinham algum valor literário e condenaram as que por sua tolice mereciam realmente o fogo.

Na livraria do Cônego da Sé de Mariana havia também livros em que moravam "encantadores", e alguns nada católicos, que precisavam de água benta. Até que ponto o dono e leitor desses livros se deixou "encantar" por eles? Não se pode saber. Mas se, como parece certo, o encantaram e perturbaram é porque eram bons. O destino dos livros melhores é esse: o de encantar e perturbar, excitando magicamente a fantasia, o de fecundar e estimular a faculdade criadora do espírito, irmanando o sonho com a ação.

Os livros de cavalarias, que hoje nos parecem extravagantes e pueris, encantavam e perturbavam os espíritos ainda no tempo de Cervantes e a sua leitura chegou a ser proibida porque as autoridades os consideravam perniciosos, Hoje são simples curiosidades da história literária. De modo um tanto parecido, os livros mais famosos do século de Voltaire, que propagavam o enciclopedismo, o racionalismo e o espírito da Revolução, perderam há muito a primitiva capacidade de agitar os espíritos e atualmente só interessam por bem dizer à história das ideias. Mas no tempo do Cônego inconfidente, que tinha alguns dessa espécie, eram tidos como perigosos e podiam comprometer a quem os lesse.

Nosso escrutínio não se limitará a esses livros. Nem será expurgatório. É simples curiosidade de "homem impresso", amigo do papel impresso: queremos apenas indagar o que lia, em fins do século XVIII, um brasileiro ilustrado, — no caso, o mais ilustrado dos brasileiros daquele tempo, segundo a opinião de Alberto Faria.

Das 270 obras, com perto de oitocentos volumes, que compunham a livraria do Cônego, mais de metade era em latim, cerca de noventa em francês, pouco mais de trinta em português, cinco ou seis em italiano e outras tantas em espanhol, além de 24 livros ingleses que figuram na relação englobadamente sem indicação de títulos nem de autores. É mais que provável que outros volumes estivessem emprestados ou perdidos, pois quem possui livros jamais consegue evitar que alguns se percam ou estraguem nas mãos de amigos ou filantes. E havia também entre os sequestrados ao Cônego três ou quatro que não lhe pertenciam.

O melhor da livraria de Luís Vieira da Silva não estava na quantidade, mas na qualidade das obras reunidas. Não se pode imaginar nada mais variado nem mais bem escolhido. Tanto em obras de formação ou de informação, como em obras de edificação ou de recreio, assim como nas de agitação e propaganda de novas ideias, havia ali com que satisfazer ao mais exigente espírito livresco daquela época em que o gosto da leitura se espalhava por todas as partes.

COMEÇA O ESCRUTÍNIO

Em qualquer biblioteca digna desse nome, por pequena que seja, os léxicos e dicionários estão em primeiro lugar. Sem esses preciosos guias, toda leitura e todo estudo se tornam difíceis e lacunosos. E para quem os sabe ler não há leitura mais curiosa nem sugestiva. Na livraria do Côónego, bem provida neste ponto, achavam-se os seguintes: um *Calepinus Septem Linguarum*, em dois volumes; o *Dictionnaire italien-françois et françois-italien*, de Veneroni, nome italianizado de Jean Vigneron, que se fazia passar por florentino e fizera nome como professor de italiano, tornando-se secretáriointérprete do rei de França; um dicionário português-francês, outro português-latino e outro alemão-francês-latino, assim como um *Vocabulariode las dos lenguas toscana y castellana*, o *Dictionnaire Latin-François de Petrone e o Dictionnaire françois-anglois et anglois-françois*, de Boyer.

Como obras de consulta em forma de dicionário, possuía o *Dictionnaire universel d'histoire naturel*, de Valmont de Bomare, seisvolumes; o *Nouveau Dictionnaire historique,* seis volumes; o *Nouveau Dictionnairedes Sciences*, o *Dictionnaire géographique*, *L'Encyclopédie de Diderot e d'Alembert* (só dois volumes relacionados), e ainda dois volumes do Dictionnaire portatifdescas de conscience, cinco do *Dictionnaire historique des cultes réligieux* e dois do *Dictionnaire des héresies*, do abade Adrien Pluquet, amigo de Fontenelle, Montesquieu, Helvetius.

Chama a atenção, como peça de honra na estante dum bom latino, a *Minerva seu de Causis linguae latinae* de Francisco Sánchez (Sanctius), o Brocense, obra clássica, que serviu de guia aos autores da Grammaire de Port-Royal. Além de outras obras de informação e estudo, entre as quais uma Gramática inglesa e um volume de *Graece Linguae Radices*.

Os títulos e os nomes dos autores das obras que figuram nosautos de sequestro foram na maior parte estropiados pelos escrivão e sobretudo pelo copista do manuscrito dos Autos. De muitas omitiu-se o nome do autor, como por exemplo ao mencionar-se o *Nouveau Dictionnaire historique*, que pode ser o do padre jesuíta Feller, plagiário emérito, que para compô-lo se apropriou descaradamente da obra análoga do beneditino Chaudon. Salvo se não era uma das edições do *Dictionnaire* de Moreri, ou a do próprio dicionário de Chaudon. O *Dictionnaire géographique*, mencionado também sem indicação de autor, era provavelmente o de Ladvocat e Vosgien, igualmente plagiado pelo audaz Feller.

Existiam em boa quantidade obras elementares de ciências e conhecimentos úteis, tratados de Física, Geometria, Astronomia, História natural, Geografia, noções de Agricultura e de Arte militar, manuais de Matesiologia e de Docimasia, etc., em francês, pela maior parte.

Eram naturalmente numerosas as obras de Teologia, Direito Canônico, Liturgia, Embriologia sacra, Exegese e Apologística cristãs, Casuística e outras da mesma índole sagrada. Lá figuravam também vários oradores profanos e sacros, com Demóstenes, Cícero e Bossuet à frente, assim como as obras completas, em latim, dos doutores da Igreja: Santo Ambrósio, São Jerônimo, Santo Agostinho, Santo Tomás, São Bernardo e São Gregório Magno.

Lá estavam várias obras de Filosofia, Metafísica e Lógica, que não podiam faltar na mesa de trabalho de um antigo lente de Filosofia: a *Summa Theologica e Santo* Tomás, a *Philosophia peripatetica* de Mayr, *Eléments de Métaphysique* do padre jesuíta Para du Phanjas, a *Lógica* de Luís Antônio Verney, as *Disputationes Metaphysicae* do padre jesuíta Silvestre Aranha, a *Metaphysica* e a *Lógica* de Antônio Genovesi (*Genuense*), criador da Economia Política na Itália, filósofo eclético (dos que tentavam conciliar Bacon e Descartes, Locke e Leibniz), censurado em Roma por algumas de suas opiniões teológicas; a *Philosophia mentis* e os *Elementos Metafísicos* de Brescia (*Brixia*), o *Compendium Philosophicum Theologicum* de Manuel Inácio Coutinho e um manuscrito de Postilas de Filosofia, que seriam as do próprio Cônego destinadas aos seus alunos.

Existiam na sua biblioteca algumas obras excelentes de Medicina: a *Exposition anatomique de la structure du corpshumain do anatomista* Winslow, membro da Academia das Ciências da França; o *Traité de Médecine pratique* do médico escocês Cullen, quec introduziu uma classificação metódica na nosologia; o *Traitédes Maladies vénériennes* de Fabri e sete volumes das obras de Tissot, médico suíço que contribuiu para propagar a prática da vacina. Curioso dec tantos ramos do saber humano, era natural que também o fosse da ciência médica. E por ela se interessava, provavelmente, como médico de si mesmo, e também porque de médico e louco toda gente tem um pouco. Cabe entretanto outra explicação, perfeitamente aceitável. Escasseavam então, em todo o país, médicos e cirurgiões. Para sanar essa falta, assim como a de bons remédios, muitos sacerdotes praticavam a medicina e vendiam mezinhas e boticas, às vezes em forma bem ativa e rendosa. Costumava ser um bom negócio e tinha além disso uma utilidade — a de impedir que muitos doentes fossem vítimas da ignorância dos piores curandeiros. Pode-se pois admitir que o Cônego socorria o próximo com as suas luzes de entendido na arte de curar.

UM GERALISTA DE BOAS LETRAS

O Cônego era pobre. Toda a sua riqueza estava na bem fornida livraria que conseguira reunir. E provavelmente não ambicionava outra, tão certo é que aqueles que se inclinam ao amor dos livros prezam pouco o dinheiro e os bens deste mundo. Sábio como era, facilmente se consolaria da sua pobreza de intelectual, dizendo a si próprio que um mesmo homem não pode estimar a pecúnia e as coiusas do espírito, ou, com palavras de um doutor da Igreja, a moeda de ouro e a Escritura.

Que inteligente leitor foi Luís Vieira da Silva! Na sua livraria, excepcional para um Geralista[14], mesmo de boas letras, cuja investigação iniciamos no capítulo anterior, a Religião, a Filosofia, as Letras e as Ciências, o antigo e o novo achavam-se bem representados e, em alguns casos, muitíssimo bem representados. Havia ali com que desenvolver integralmente as faculdades intelectuais e formar uma sólida cultura geral.

Prosseguindo na investigação, veremos o que havia com referência às boas letras e às doutrinas literárias. São evidentes os sinais de apreço à antiguidade clássica e aos melhores clássicos franceses e portugueses. E nota-se também, como era natural, o gosto pela literatura que no século XVIII tomara por toda a parte um caráter científico, filosófico ou utilitário que sufocava o poético, criador e lírico. O influxo francês mostrava-se exagerado. Voltaire era o grande mandarim literário, dentro e fora de França e ainda passava — ele, o Anti-Poeta! pelo maior poeta lírico e dramático do século. Volumes de Voltaire foram encontrados entre os livros de Luís Vieira, Alvarenga Peixoto e Coronel José Resende Costa. Seu *Essai sur la Poésie épique* foi, segundo João Ribeiro, o evangelho de Cláudio Manuel na composição do poema *Vila Rica*, artificioso e coriáceo exercício poético de um lírico já sem veia.

E, não o esqueçamos, era a época das Arcádias que em Portugal se fundaram à imitação das italianas e tiveram reflexos no grupo literário de Vila Rica.

Dos autores imortais da antiguidade clássica existiam na livraria do cônego: Virgílio, Horácio, Suetônio, Júlio César, Quinto Cúrcio, Ovídio, Terêncio, Catulo, Tibulo, Propércio, Cornélio Nepos, Ausônio, Manílio, Quintiliano, Sêneca, alguns em edições ad usumDelphini, e as orações de Demóstenes em latim.

Dos clássicos portugueses, viam-se os quinhentistas Sá de Miranda, Camões (*Os Lusíadas*, com as notas de Faria e Sousa), Barros e Diogo do Couto (*Décadas*) e Diogo Bernardes (*O Lima*), e o seiscentista Gabriel Pereira de Castro (*Ulisséia*, ou *Lisboa edificada*). Dos setecentistas, Luís Antônio Verney (Obras, Lógica), Dom

14) *Geralista*: nome que também se dava ao Mineiro, filho das Minas Gerais.

Antônio Caetano de Sousa (*Memórias históricas e genealógicas dos Grandes de Portugal*), Padre Antônio Pereira de Figueiredo (*Compêndio das épocas*), Francisco José Freire...

Nada sobre o Brasil ou do Brasil. Muito mais tarde é que entraria nos homens ilustrados o apreço pela terra e as coiusas brasileiras. Só uma obra de escritor nascido aqui, o *Orbe Seráfico* de Frei Antônio de Santa Maria Jaboatão.

Dos clássicos franceses, Corneille, Racine, Bossuet, Voltaire, Fénelon, Montesquieu, Marmontel... Em traduções francesas, Anacreonte, *Le Paradis perdu* de Milton, *La Méssiadede* Klopstock e dois volumes de *Mélanges de littérature orientale de Cordomi.*

Anotamos uma obra muito ao gosto da época, que tinha na pastoral o seu predileto campo poético: *La mort d'Abel*, de Gessner, poeta e paisagista suíço, chamado o Teócrito da Helvécia e a quem Rousseau considerava "un homme selon son coeur". Esse livro teve uma multidão de tradutores e imitadores em todas as línguas. Em Gessner, como em Klopstock, já se observavam indícios do romantismo anglo-germânico. O português Freire Barbosa, de volta de Zurique, em 1784, publicou os *Idílios* e *Poesias Pastoris* de Salomão Gessner. Da *Morte de Abel* aparece em 1785 uma tradução portuguesa do Padre José Amaro da Silva, seguida de uma segunda, em 1818, além de outras traduções. O poeta suíço era muito lido e admirado pelos portugueses. Em Gessner, como em Klopstock, já se observavam indícios veementes do Romantismo anglo-germânico, e ambos contribuírampara levar a revolução literária alemã a Portugal, muito antes da francesa de Hugo e Lamartine. O poeta suíço era para Castilho, seu sósia na inspiração idílica, "o meu Gessner", ou, como disse o filho, Júlio de Castilho, "um indivíduo presente, um suavíssimo contubernal." Herculano teve persistente devoção por Klopstock, de quem traduziu a *Messíada*, e a forte impressão causada em seu espírito fundamente religioso pela leitura desse poema tê-lo-ia abalançado a escrever a Semana Santa, de klopstokiana envergadura.

Outra obra muito lida e traduzida, entre as que lá se achavam: o poema Joseph de Bitaubé, autor de celebradas traduções francesas da *Ilíada* e da *Odisséia* de Homero e de *Hermann* e *Dorotéia* de Goethe.

Alberto Faria, em sua edição literária da *Marília de Dirceu* observou que o tema da lira IX recorda certa poesia de de Parny, lembrando também uma de Marmontel, e escreveu: "*Conheceria Gonzaga tais poesias, com que tanto se parece a sua? Dado o rigorismo em Portugal, para impedir a divulgação, no Reino e Colônias, de ideias francesas da época, é lícito duvidar*[15]."

Faria iludia-se com o propalado rigor das autoridades metropolitanas, que verdadeiramente não eram neste caso tão rigorosas como se tem pensado. Lia-se Voltaire, Rousseau, Raynal, Mably, Montesquieu... Por que não se havia de ler o volteriano Marmontel, que depois de velho acabou acompanhando procissões, rosário

15) *Marília de Dirceu* (*Seleção das liras autênticas*) por Tomás Antônio Gonzaga, edição literária de Alberto Faria, Rio de Janeiro, 1922, p. 121 e 122.

e círio na mão? O erudito Faria não teria dúvidas se houvesse corrido os olhos pela lista dos livros sequestrados ao inconfidente Luís Vieira da Silva. Lá está *Marmontel*, dentro dos *Contos morais*, junto de outros contemporâneos muito mais perigosos que haviam escapado à vigilância das autoridades. Os contos eram inocentes, mas não foram as únicas obras que entraram do autor dos *Incas e do Belisário*, criador de um gênero novo o gênero supinamente enfadonho. Quanto ao Visconde de Parny — diga-se de passagem — ele em pessoa esteve no Rio de Janeiro pelo ano de 1773.[16]

Dos italianos, poucos: *Gerusalemme liberata* de Torquato Tasso, *La secchia rapita* de Tassoni e onze volumes das obras do abade Pietro Metastásio, o poeta mais notável da segunda época arcadiana e, na opinião de muitos, o maior de seu tempo. Metastásio foi um dos poetas mais estimados e um dos modelos mais seguidos entre os árcades de Vila Rica. Suas obras achavam-se também na biblioteca de Alvarenga Peixoto (sete tomos) e provavelmente na de outros. Cláudio Manuel da Costa, nos "Apontamentos biográficos" por ele fornecidos à Academia Brasílica dos Renascidos, arrola entre os seus manuscritos várias traduções de dramas de Metastásio, e no "Fundamento histórico" do poema *Vila Rica* cita três versos do *Poema d'Alessandro* daquele poeta italiano, ídolo do século.

Em todo o Brasil era lido e admirado assim como aplaudido nas representações em que se recitavam seus melodramas. No relato que deixou de sua viagem ao redor do mundo, o navegante Bougainville refere-se aos dias em que permaneceu no Rio de Janeiro, em 1766. O vice-rei Conde da Cunha deu ao viajante francês e seus oficiais um camarote na Ópera da cidade, onde puderam ver, "em uma sala bastante formosa", narra Bougainville com certo desdém, "as obras primas de Metastásio representadas por uma companhia de mulatos e ouvir trechos divinos dos grandes mestres de Itália, executados por uma orquestra má, regida por um padre corcunda em hábito eclesiástico[17]".

Em Ouro Preto, por aqueles tempos, realizavam-se representações como as que escandalizaram Bougainville, no Rio. Leia-se. nas *Cartas Chilenas*, 5.ª, versos 41-43:

> Ordena-se, também, que nos teatros
> Os três mais belos dramas se estropiem
> Repetidos por bocas de mulatos;

De outro autor italiano, Aurélio Bertola de Giorgi, polígrafo e poeta de fins de Setecentos, fisgamos na relação a tradução francesa de *Le Notti Clementine* (*Nuits Clémentines), "luminose notti*", na opinião de Metastásio, obra em estilo youngiano, composta em louvor de Clemente XIV, por ocasião de sua morte, quando corriam escritos ofensivos àquele Pontífice que suprimira a Sociedade de Jesus.

Da Espanha, um único escritor, e esse mesmo por ser divulgador de ideias francesas, o Padre Benito Jerónimo Feijoo, a quem Gregório Marañón tem na conta

16) Ver Afonso de E. Taunay, *Rio de Janeiro de antanho (Impressões de viajantes estrangeiros)*, São Paulo, 1942, p. 61 a 72.

17) Ver L. A. de Bougainville, *Viaje alrededordel mundo*, traducida del francés por Josefina Gallego de Dantin, Buenos Aires, 1943, p. 82.

de "assombroso exemplo do poder da palavra humana". *As Cartas eruditas y curiosas* e sobretudo o Teatro crítico universal do ensaísta Feijoo (de que se achou um volume truncado na livraria do Cônego) eram uma verdadeira introdução crítica à ciência europeia, além de conterem uma investigação aguda do marasmo e do cansaço em que se achava mergulhada a vida intelectual em sua terra. O Teatro crítico teve numerosas edições, circulou pela Europa e a América e foi lido no Brasil por alguns homens instruídos[18].

O Cônego da Sé marianense granjgeara fama de bom orador. E que era um orador erudito e estudioso da sua arte, lá estavam a demonstrá-lo os mestres e tratadistas da eloquência, que tinha em casa: o Quintiliano, com a sua *Instituto oratoria*, o mais completo e estimado código sobre a educação do orador que os antigos legaram à posteridade; as *Máximas sobre a arte oratória* de Francisco José Freire (Cândido Lusitano); *Palestra oratória, a Arte e método de pregar*, as *Novas observações sobre a arte de pregar*, os *Diálogos* sobre a eloquência e *L'Art de toucher le coeur*, estes últimos sem indicação de autor na lista que estamos seguindo.

Não sabemos se poetava, mas é certo que se interessava pela teoria e a técnica literárias e especialmente pelos tratadistas poéticos. Assim é que possuía o *Gradus ad Parnassum*, dicionário de prosódia e de expressões poéticas, para ajudar a compor versos latinos, do jesuíta Paul Aler; a *Arte poética de Quinto Horácio Flaco*, traduzida e ilustrada em português por Francisco José Freire, e da lavra do próprio Freire (Cândido Lusitano) a *Arte poética, ou regras da verdadeira Poesia em geral e de todas as suas espécies principais, tratadas com juízo crítico*, conforme rezava, por inteiro, o título desse preceituário da inspiração pautada e do estro convencional do arcadismo. Tinha ainda de Freire o *Secretário português*, e também uma *Retórica de Vossius*, sábio alemão,heterodoxo, cujas obras completas, escritas em latim, formam seis volumes (Amsterdã, 1701).

18) Os dois primeiros livros que pude comprar — teria eu já uns vinte anos — foram as fábulas de La Fontaine traduzidas pelo Barão de Paranapiacaba (obra que ainda possuo) e um volume desemparelhado do *Teatro Crítico* de Feijoo, que o bicho destruiu totalmente em alguns anos. A edição deste volume era da segunda metade do século XVIII. Procedia duma velha biblioteca particular do interior de Minas e fora comprado por mim, junto com o outro volume mencionado, pela quantia de quatro mil réis, na liquidação do fundo da Livraria e Papelaria Joviano, de Belo Horizonte. Agrada-me pensar que o volume teria pertencido talvez ao Cônego Vieira da Silva. Bem podia ser. O mundo é pequeno.

FEBRE DE INSTRUÇÃO

O espírito do século XVIII — o espírito novo — inclinava-se para a observação e a experiência. Descobria-se a natureza externa, procurava-se o real. O mundo era vasto e desconhecido; a natureza humana, diversa e complexa. As relações dos grandes viajantes e exploradores marítimos — Anson, Cook, Bougainville, — lidas com avidez, incutiam por toda a parte o gosto das viagens. Para os que não podiam ou não queriam viajar, escreviam-se livros mais ou menos documentados e pitorescos. O filósofo Kant, sedentário e comodista, jamais saíra da sua cidade natal, a não ser para lecionar algum tempo num lugarejo vizinho; mas — homem de sua época — gostava da geografia e da etnologia de terras longínquas, e metade da sua pequena biblioteca constituía-se de narrações de viagens.

Essa literatura entrou também na livraria do Cônego Luís Vieira da Silva e ali se achava representada principalmente — entre outras obras provavelmente existentes mas não especificadas na relação das que lhe foram sequestradas — pelo livro de Robilon e Banks, *Voyages autour du monde*, em quatro volumes, e por outro muito anterior à dromomania do século XVIII, o intitulado *Novus orbis regionum ac insularum veteribus incognitarum*, compilação de narrativas de viagens modernas, tomadas a diversos viajantes, pelo célebre teólogo e filólogo protestante Simon Grynaeus, amigo de Erasmo e Melanchton. Nessa obra, publicada em Basileia, 1532, apareceu um mapa-múndi, logo famoso, com curiosos desenhos e interessantes descrições das terras americanas.

O livro de Banks referia-se às viagens que o célebre naturalista inglês realizou pelo mundo, para formar sua coleção de plantas e enriquecer sua biblioteca de todos os livros relativos à ciência de que se ocupava. Banks visitou primeiramente, no navio de um capitão amigo, as regiões frias da Terra Nova e do Labrador. Depois, fezparte da expedição de Cook aos mares do Sul, em 1768, Passando pelo Rio de Janeiro, empenhou-se em explorar com seu companheiro Solandet (discípulo de Lineu) a flora e a pequena fauna do Rio e arredores. O governador da cidade, não compreendendo que alguém pudesse empreender penosas e arriscadas excursões com o fim único de herborizar e caçar borboletas, recebeu hostilmente os visitantes., Estes, não obstante, conseguiram percorrer todas as ilhas da baía e recolheram boa quantidade de plantas e insetos.

Sobre geografia tinha o Cónego dois dicionários, ambos em francês (um seria, provavelmente, o de Ladvocat e Vosgien) e a *Géographie moderne*, em dois volumes, de Nicolle de Lacroix, que durante muito foi clássica na França.

Ao gosto da geografia e das viagens e explorações prendia-se o gosto das ciências e, em particular, das ciências naturais. E também o gosto dos estudos históricos, pois a história confirma a geografia, ou esta confirma aquela.

De História Natural, anotamos o *Dictionnaire universelle d'histoire naturelle*, em seis volumes, de Valmont de Bomare, naturalista francês que muito concorreu para difundir a ciência que professava; um volume com as *Mémoires instructives sur l'histoire naturelle* e ainda um livro relacionado com o assunto, de Bernardin de Saint Pierre, os *Estudos da natureza*, muito lido na época.

Era grande a difusão e a influência da ciência. O estudo das ciências experimentais penetrava no ensino. A escolástica desaparecia do ensino científico dos colégios e mergulhava no ridículo. E até os jornalistas — apedeutas crônicos — justificavam o estudo da Física e das Matemáticas. A moda propagou-se às próprias mulheres. Na opinião de um filósofo da época, a Física era uma das mais nobres e virtuosas ocupações do espírito humano.

Contagiado pela febre de instrução, que a todos atacava, o doutolente de Filosofia aplicava-se também ao estudo da Física. Lá tinha ele em dois volumes a obra *Physices elementa mathematica*, do físico, matemático e filósofo holandês Gravesande, um dos primeiros que adotaram e propagaram as teorias de Newton, havendo contribuído com seus trabalhos para o progresso da Física e das Matemáticas; a *Physica* de Musschenbroek, outro sábio holandês, inventor da garrafa de Leida, discípulo e amigo de Gravesande e que também concorreu com suas lições, suas descobertas e suas obras para a introdução na Holanda da filosofia experimental e do newtonismo; a *Physica* de Zanesi e uns *Essais de Physique* sem o nome do autor na relação que estamos acompanhaàndo. Tanto de Gravesande como de Musschenbroek existiam ainda outras obras de Filosofia e Metafísica. E registre-se um *Nouveau Dictionnaire des Sciences*, em dois tomos.

A filosofia da observação, o sensualismo de Locke, estava representado por três tomos das obras do abade de Condillac.

Em outros ramos: uma *Geometria* de Descartes, em dois volumes; os *Elementos de geometria* do padre Manuel de Campos; Elementa matheseos de Brescia e *Elementa Universae*, em cinco volumes, de Wolff; *Elements de docimastique*, em quatro volumes; um manual de Astronomia, em latim; um manual de Agricultura, em francês (o de La Salle de l'Etang, reputadíssimo naquele tempo); dois volumes intitulados Secrets concernant lesarts et lesmétiers...

O homem era curioso de tudo, e de tudo havia um pouco entre os seus livros, que ele teria adquirido sabe Deus com que dificuldades.

A febre de instrução era tal no Cônego, que até o levou a estudar os rudimentos da arte da guerra. Quando nada é o que se poderia depreender da existência na sua livraria de um volume intitulado *Elementos de arte militar*. Só febre de instrução? Um historiador talvez se aventurasse a afirmar, com a facilidade com que os historiadores costumam tirar suas deduções, que estava ali um terrível documento contra o Cônego, o mais comprometedor dos documentos, a denunciá-lo como o provável estrategista da planejada revolta contra a Metrópole. E seria assim mais realista que as autoridades do Reino, as quais, ao que parece, não deram importância ao caso.

O historiador poderia entretanto retrucar lembrando o depoimento do conjurado Domingos Vidal de Barbosa, o qual declarou no auto de perguntas "*que o Cônego Luís Vieira tinha um plano, para por ele verem a segurança deste país; e outro igual, para por ele se regerem, dizendo que este continente a natureza o tinha feito defensável por si mesmo, e que a entrada da barra do Rio de Janeiro bastava guarnecê-la de diversas emboscadas, de tal sorte que qualquer tropa que subisse, do Sertão se desbaratava, e os que escapassem da primeira não escapariam da segunda...*"

Aí está, era o Cônego o estrategista da conjuração, diria o historiador, como era o Cônego um dos encarregados de elaborar as leis da república que aqui se implantaria.

Passemos por cima desta matéria conjetural e improvável.

A HORA DA AMÉRICA...
PELO MERIDIANO DE PARIS

Como ficou dito, achavam-se entre os livros sequestrados pelas autoridades da devassa ao Cônego Luís Vieira 24 volumes ingleses, arrolados sem indicação de títulos nem de nomes de autores, talvez porque parecessem arreveszados ao escrivão. Que livros eram? Adivinhe-o quem puder. Junto deles, convém relembrar, achavam-se uma Gramática inglesa e o *Dictionnaire françois-anglois et anglois-françois* de Boyer. Muito provavelmente, o ilustrado Cônego da Sé marianense, curioso e estudioso como era, exercitava-se numa língua que lhe permitiria não só o contato direto com o pensamento inglês, que influíra poderosamente no enciclopedismo francês, como também — e talvez fosse o motivo principal — por ser a língua da jovem república norte-americana, considerada então pelos filósofos sociais da França como o campo de experiência do mundo.

Sabe-se como calou no ânimo dos patriotas mineiros a emancipação das colônias inglesas da América do Norte. Havia em todos o íntimo desejo de se ver fundada também no Brasil uma república livre, e sobre a matéria já se conversava com muito pouca reserva. O Cônego Luís Vieira da Silva, segundo declarou um depoente no auto de perguntas da inquirição-devassa, era o "mestre da aula" em tais conversações, o que mais gosto e complacência mostrava em discorrer sobre o assunto, Outro depoente, o irlandês Nicolau Jorge, que se achou envolvido no processo, ao ser interrogado sobre se não se recordava de ter falado acerca da sublevação da América inglesa, declarou que a esse respeito só conversara algumas vezes com o Cônego Luís Vieira da Silva, "*por ser o dito cônego muito instruído e noticioso, o qual sempre se punha da parte dos Franceses e ele respondente da dos Ingleses*".

O próprio Cônego não ocultou que lera a história do levantamento da América inglesa (e não fora o único a lê-la), nem negou que a ela houvesse feito referências, o que bem se compreendia, disse ele, em pessoas aplicadas ao estudo da História. Foi essa entretanto uma das causas de sua perdição.

Era grande a curiosidade dos conjurados mineiros pela América inglesa, mas pouco se sabia daquela terra. Nada ou quase nada vinha de lá. Raros leriam o inglês. Com razão escreveu Martim Francisco, na obra citada, p. 210:

> "*Imerece debate, bastando-lhe ligeiro reparo, a imaginária influência da revolução norte-americana na tentativa de 1789. Dos quase três milhões de habitantes da colônia, cem talvez não entretivessem relações com a língua inglesa.*"

A propagação do espírito revolucionário, que no último terço do século XVIII redundaria na maior luta de ideéias dos tempos modernos, se fez da Inglaterra para a França e desta para os países satélites do pensamento francês, chegando por seu intermédio a toda a América. O pensamento francês influi na revolução da América inglesa. Por sua vez, esta influi decisivamente no desfecho da revolução francesa. Só depois disto é que os Estados Unidos suscitam a curiosidade dos Brasileiros, como repercussão longínqua e indireta do enorme interesse que havia na França pela terra de Franklin e Washington, a qual aparecia aos olhos de muitos europeus como uma força desconhecida e admirada.

Tudo vinha da França ou por via francesa. A hora da América era-nos dada pelo meridiano de Paris. Leia-se o trabalho do Sr. Pedro Calmon *A influência francesa na Conjuração mineira* (separata da "Revista do Instituto Histórico"). José Joaquim da Maia, o estudante de Montpellier, conhece Jefferson como embaixador na França e é em francês que lhe escreve as cartas firmadas com o pseudônimo de Vendek. Era em francês e intitulava-se *Recueil deslois constitutivesdes Etats-Unis de l'Amérique* o exemplar das leis americanas que figurou como peça acusatória apensa ao processo de inconfidência. O doutor José Pereira, de Mariana, segundo o depoimento de Domingos Vidal de Barbosa, tinha essas leis e também a *Histoire philosophique et politique* de Raynal, segundo declarou uma testemunha do processo. O *Tiradentes* pedia a uns e outros que lhetraduzissem capítulos das ditas leis em francês, e para isso andava às voltas com um dicionário desse idioma, que depois vendeu a um padre, dono de uma botica na Ponte do Rosário, em Ouro Preto. Enfim, não o esqueçamos, a própria Gazeta de Lisboa[19], geralmente lida no Brasil, ocupava-se não raras vezes com as notícias da emancipação dos Estados Unidos da América do Norte.

19) Ver Joaquim Norberto de Sousa Silva, obra citada, p. 38, nota.

APAIXONADO CULTOR DA HISTÓRIA

O Cônego Luís Vieira aplicava-se realmente aos estudos históricos. Pode-se mesmo admitir que era um "cultor apaixonado da História" como diz Lúcio José dos Santos em *A Inconfidência Mineira*. As obras desse gênero que figuravam na sua livraria bastam para atestá-lo. A estas aludiremos agora. Primeiramente, registre-se o *Nouveau Dictionnaire historique*, em seis volumes, sem indicação de autoria na relação de sequestro, e que tanto podia ser o de Feller, como o de Chaudon ou ainda o de Moreri. Representando os antigos, lá se encontravam César e Suetônio. De DénysPetau (Petavius), sábio jesuíta do século XVII, especialista em cronologia religiosa, a quem as ciências históricas ficaram a dever grandes serviços, existiam os dois volumes de *Rationarium temporum*.

Em francês era a maior parte: uma Histoire générale em cinco volumes (talvez a tradução francesa da de Políbio), um *Abrégé de l'histoire grecque*, os quatro *volumes* da *Histoire universelle* por Turpin, os três do *Tableau d'histoire moderne* por Metreagan, um volume desirmanado de uma *Histoire moderne* sem declaração de autor, os quatro tomos da *Histoire de l'Amérique Septentrionelle* por La Potiàre, os dois das *Tablette schponologiques de l'histoire universelle sacrée et profane* por Lenglet-Dufresnoy, e um tomo, truncado, de *L'Histoire des réligions*. De Hugo, historiador loreno, oito volumes de suas obras, talvez completas. De Bossuet, duas obras: *Discourssur l'histoire universelle* e *Histoire desvariations deséglises protestantes*. De outros autores franceses, a *Histoire des découvertes et des conquêtes des Portugais dans le Nouveau Monde*, dois volumes, pelo jesuíta Joseph-François Lafitau, a quem se atribui a fundação, no século XVIII, com a sua obra *Mœurs, costumes et réligions des sauvages américains,* de uma das ciências de maior atualidade, a etnologia, cujas bases foram lançadas dois séculos antes pelo frade espanhol Bernardino de Sahagún; a *Histoire générale de Portugal* por N. de la Clede, em dois volumes, apreciada em seu tempo, hoje, sem valor algum; um volume desemparelhado da *Histoire du Prince Eugene de Savoie por Mauvillon*; a *Histoire de Théodosele Grand*; *e as Mémoires sur les rêgnes de Louis XIII et Louis XIV,* três volumes, pelo Conde Loménie de Brienne.

Em italiano, uma Istoria del Regnodi Luigi XIV, em quatro tomos, sem autor declarado na relação que estamos exumando e identificando, e a *Istoria civile del Regno di Napoli,* do erudito historiador napolitano Pietro Gianonne, a primeira obra de seu gênero disposta metodicamente e que, em razão dos violentos ataques que articulava contra o poder temporal dos papas, motivou a excomunhão, a perseguição e por fim a prisão do autor, eclesiástico revoltado ante os abusos e erros da Igreja, o qual morreu no calabouço, depois de se haver retratado. Dela extraiu um ministro protestante francês ou suíço as passagens mais audazes, que apareceram sob o título Anecdotes ecclésiastiques.

Voltaire foi o guia, o inspirador e o mestre dos três grandes historiadores ingleses seus contemporâneos: Hume, Robertson e Gibbon. Só este último não se achava na livraria do Cônego. De Hume encontravam-se, trasladadas ao francês, a *Histoire de la Maison d'Autriche*, em seis tomos e a *Histoire de Ia Maison des Tudor*, também em seis. De Robertson, igualmente em francês, a Histoire d'Ecosse, em três tomos, a *Histoire du Règne de l'Empereur Charles-Quint*, em seis, e a *Histoire de l'Amérique*, em quatro. Esta última detém-se na conquista do México e do Peru pelos Espanhóis e por isso poderia denominar-se mais propriamente História da conquista e colonização da América, sendo de certo modo a primeira em seu gênero. Seu aparecimento despertou vivíssimo interesse na Península Ibérica. Durante anos, Robertson recolhera notícias e documentos acerca da magna empresa realizada pelos Espanhóis, e com tal propósito enviara questionários a todas as pessoas que na Europa e em especial na Espanha poderiam ministrar-lhe dados presumidamente exatos e ilustrativos. Esses dados, no entanto, eram em grande parte inexatos e erroneamente informativos. A obra pareceu aos Ingleses pouco rigorosa na condenação das crueldades que se assacavam aos conquistadores espanhóis, na Espanha julgou-se exagerada e injusta a exposição que nela se fazia das violências cometidas na conquista do México e do Peru., No ano seguinte ao seu aparecimento na Inglaterra, começou a publicar-se em cadernos na Península uma tradução castelhana, que, antes de sair a lume, teve a sua circulação proibida pelo ministro dos negócios americanos (ministro de Índias). A obra desagradara à corte espanhola, tanto assim que esta, no ano seguinte, encarregou o cosmógrafo don Juan Bautista Muñoz de compor uma *História del Nuevo Mundo*, na qual se punham em realce os esforços verdadeiramente gigantescos dos Espanhóis para descobrirt e conquistar o continente americano, e colonizá-lo em seguida, elevando suas tribos indígenas até um grau próximo da civilização europeia.

Sobre a história da Igreja anotamos em primeiro lugar, pela sua extensão, a de Bonaventure Racine, *Abrégé de l'histoire ecclésiastique*, em treze volumes. Logo, a obra capital do Padre Fleuiy, *Discourssur l'histoire ecclésiastique*, a melhor história da Igreja que jamais se fez, na opinião de Voltaire, magno reitor das letras naquele tempo, mas posta no Index por estar contaminada de galicianismo. Do Padre Fleury havia ainda as obras intituladas *Mœurs des Israélites* e *Mœurs des Chrétiens*, obras então clássicas, sendo a primeira um quadro da vida dos patriarcas e mais personagens do Velho Testamento e um resumo da história dos Judeus, desde Moisés a Jesus Cristo. Anote-se mais o *Discurso sobre a história eclesiástica*, em três tomos, por Carlos Mendes Barreto, e a *História eclesiástica*, também em três, pelo teólogo italiano J. L. Berti, guarda da biblioteca Angélica e autor de numerosas obras, entre as quais *De theologicis disciplinis* (também existente na livraria do Cônego), que suscitou numerosas controvérsias.

Na cauda deste grupo podem incluir-se, por se relacionarem de algum modo com a história geral da Igreja: *De statuprasenti Ecclesia*, pelo teólogo católico

Hontheim (*Justinius Febronius*), obra que causou ruído na época por atacar a igreja de Roma sob o pretexto de defender as particulares; *Opera*, um volume, de Melchor Cano, grande teólogo dominicano, conselheiro de Felipe II nas questões políticas que, à margem da orientação da Contra-Reforma, então se discutiam entre Sua Majestade Católica e a Santa Sé; o famoso tratado *De Concordia sacerdotii et imperii*, redigido pelo sábio prelado Pierre de Marca para refutar o livro do oratoriano Ch. Hersent, Optati Galli de cavendo schismate, censurado por dezesseis bispos, condenado pelo parlamento de Paris e queimado pelas mãos do carrasco; *Lettresdu Pape Clément* XIV, quatro tomos, sem dúvida as publicadas por Caraccioli em Paris, 1775, sem qualquer autenticidade, pois a verdadeira correspondência do Pontífice que suprimiu a Ordem dos Jesuítas só apareceu em 1837, publicada por Reumont; a Disciplina Ecclesiae, em três volumes, do douto oratoriano L. Thomassin, obra que o reabilitou perante uma parte do clero, pois em suas obras anteriores havia-se censurado o intento de conciliar molinistas e jansenistas; *Confrontação da doutrina da Igreja com a doutrina dos Jesuítas; Concilium Tridentinum de Galemart*; o *Dictionnaire historique descultes réligieux*, em cinco tomos, e o *Dictionnaire historique deshérésies*, em dois.

Enfim, os cronistas historiadores portugueses: Barros e Diogo do Couto, quinze volumes das Décadas; o arqueólogo Lúcio André de Rezende, "armazém de todos os tesouros do passado", com De Antiquitatibus Lusitanae; Cristóvão Alão de Morais, com os oito volumes da *Genealogia das Famílias de Portugal*; D. Antônio Caetano de Sousa, com as *Memórias históricas e Genealógicas dos Grandes de Portugal*; o Padre Antônio Pereira de Figueiredo, com o *Compêndio das Épocas e Sucessos da História geral*, e Pedro de Sousa Castello Branco, com cinco tomos dos *Elementos da História*, obra que não é outra senão a que vem assim descrita no *Dicionário Bibliográfico* de Inocêncio: "*Elementos da história, ou o que é necessário saber-se da cronologia, da geografia, do brazão, da história universal, da igreja do testamento velho, das monarquias antigas, da igreja do testamento novo, e das monarquias novas, antes de ler a história particular: pelo abade de Vallemont. Traduzida da língua francesa na portuguesa, e acrescentada com algumas notícias de Portugal*. Lisboa, na Ofic. de Miguel Rodrigues, 1734 a 1751. 4º, 5 tomos com estampas."

FILHO DA ILUSTRAÇÃO

Referindo-se ao atraso intelectual dos Brasileiros em fins do século XVIII e princípios do seguinte, disse o historiador Armitage que "a ciência política era desconhecida pela quase totalidade dos habitantes do Brasil", e logo a seguir escreveu: "As histórias de Grécia e Roma, o Contrato social de Rousseau e alguns volumes dos escritos de Voltaire e do abade Raynal, que haviam escapado à vigilância das autoridades, formavam as únicas fontes de instrução." O primeiro desses argumentos é inconsistente e não se aplica particularmente ao Brasil. A ciência política, em qualquer parte, sempre foi privilégio de poucos, e também o era de uma minoria no Brasil daquele tempo. O outro argumento não vale mais. Lia-se Rousseau, Voltaire, Raynal... E o inglês Armitage ainda achava pouco! Que mais queria ele que se lesse? Rousseau, um dos raros filósofos democratas de seu tempo, influiu nas ideias de Jefferson e Adams. *O Contrato social* chegou a ser a Bíblia dos homens do Terror e desencadeou mais tormentas e catástrofes sobre a Europa e todo o mundo civilizado que as mais apaixonantes místicas a serviço dos apetites e do instinto agressivo do homem. Pois esse livrinho andava de mão em mão no Brasil, como em toda e América. Voltaire fora o botafogo número um, o incendiário principal de uma época que o absolutismo dos governantes, a corrupção dos aristocratas, a depravação do clero e a licença geral dos costumes já haviam carcomido. Enfim, Raynal era o autor da *Histoire philosophique et politique des Etablissements et du Commercedes Européens dans lesdeux Indes*, um dos livros mais divulgados em fins do século XVIII e o que alcançou mais retumbante êxito, especialmente na América. Leu-se muito esse livro, que verberava as crueldades dos colonizadores católicos nas duas Índias e apresentava originalmente a história, não como uma sucessão de batalhas e reinados, mas como determinada pelas preocupações econômicas dominantes nas nações. Raynal, diziam os que não o apreciavam, não passava de um parlapatão, que usurpava como tantos outros escritores o título de filósofo, e o que havia de melhor na sua obra era compilado de Diderot; mas o fato é que aquele livro gozava na época duma reputação enorme e foi arma das mais eficazes para a propagação das ideias revolucionárias.

Em verdade, não foram Rousseau, Voltaire e Raynal os únicos lidos no Brasil. Ouro Preto, Rio de Janeiro, Bahia e Pernambuco eram centros intelectuais onde havia pessoas que se inteiravam do movimento das ideias europeias. Dos últimos anos do século XVIII às duas primeiras décadas do seguinte, uma minoria de homens instruídos (e estes são sempre em toda a parte uma minoria) deu, além daqueles e de outros autores, Mably, Montesquieu, Burlamaqui, Vattel, Morelly, Turgot, Brissot, Volney...

No espólio da livraria sequestrada a Manuel Inácio da Silva Alvarenga, preso por ordem do Conde de Resende sob a acusação de jacobino, inimigo da religião e do governo monárquico, encontravam-se obras comprometedoras, como a citada história de Raynal e os *Direitos do cidadão* de Mably. Foi talvez o que mais concorreu para a condenação do poeta, a quem o desembargador chanceler Antônio Denis da Cruz e Silva (de triste lembrança no processo da Conjuração de Minas) denominou por isso "um energúmeno infernal", cúmplice daqueles autores, porquanto lia e dava a ler essas doutrinas subversivas a seus discípulos na aula de retórica e poética, que mantinha no Rio de Janeiro.[20]

Percorra-se, como vimos fazendo, a relação dos livros sequestrados ao Cônego Luís Vieira da Silva no processo de inconfidência. Veja-se como entre eles se achavam bem representadas a ciência política e a filosofia social da época. Lá estava Montesquieu, com as suas duas obras capitais, *L'espritdes Lois* (talvez a obra mais importante do século XVIII) e *Grandeur et décadencedes Romains*. Lá estava outra obra também muito lida na época, Institutionspolitiques, em dois tomos, escrita em francês pelo alemão Bielfeld, amigo do grande Frederico. E *La Science du gouvernement*, em oito volumes, de Réal, e as *Mémoires pour servir à l'histoire deségarements de l'esprithumain* (Paris, 1762, 2 vol.), mais conhecidas sob o nome de *Dictionnaire des hérésies*, por E. A, A. Pluquet, Guyot, Perrodil e outros, obra traduzida muito posteriormente em Portugal por Antônio Gomes Pereira com o título de *Diccionario das heresias, erros e scismas ou Memorias para servirem à história dos desvarios do entendimento humano acerca da religião christã* (Porto, 1867). Chama particularmente a atenção a presença da *Enciclopédia de Diderot e d'Alembert*, máquina de guerra a serviço do espírito crítico e da incredulidade, movida por livres-pensadores que almejavam subverter os fundamentos políticos e religiosos da sociedade. Não é de espantar que se achassem alguns volumes dessa obra ímpia entre os livros do Cônego, junto aos doutores da Igreja e outros autores repousantes. O filosofismo contaminara o clero, e não só o alto clero bem acomodado na vida ou os abades mundanos e peraltas, mas até os padres sérios, pacatos e moderados e também os jovens seminaristas. Muitos eram deístas, epicuristas, ou simplesmente *espíritos fortes ou libertinos*, como então se chamavam os livres-pensadores. As ideias dos enciclopedistas conquistavam toda a gente. O Padre Laire, um dos que na França fizeram primeiro um curso de bibliografia, tinha a coragem — como eclesiástico que era — de incluir "mesmo a *Enciclopédia*" no mínimo dos livros necessários.

As autoridades civis e eclesiásticas proibiam conforme podiam os *livros perniciosos*. Mas os homens responsáveis eram os primeiros a dar o *mau exemplo*, tanto na Europa como na América. Ao inventariar-se a biblioteca do Bispo Azamor, falecido em Buenos Aires em 1796 (refere o escritor argentino Ricardo Rojas), o

20) *Obras poéticas de Manoel Ignacio da Silva Alvarenga (AlcinoPalmireno)*. Collegidas... por J. Norberto de Souza S., Rio de Janeiro, 1864, I, 59-60.

comissário do Santo Ofício encontrou tantos livros proibidos — obras de Bayle, Rousseau, Raynal, Robertson, etc. que do fato deu conhecimento ao vice-rei[21].

As ideias do século, que chegaram ao Brasil e aqui influíram em alguns espíritos progressistas, não vinham todas diretamente da França e nem tinham ali a sua origem única. Em quase todos os casos, haviam transitado antes pela Metrópole, onde sofriam atenuações ou deformações em sua estrutura e forma de atuar, impostas pelo ambiente cultural peninsular, aferrado à Religião, à ideéia nacional e ao princípio da monarquia absoluta. E assim, mitigadas, chegavam até cá.

Em seu livro Um *"Iluminista" português do século XVIII: Luís António Verney*, o professor L. Cabral de Moncada[22] distingue dois movimentos iluministas setecentistas, francês um e italiano o outro, O italiano, principalmente, teria influído no quadro das novas ideéias em Portugal. Nascido na Inglaterra, em princípios deSetecentos, o movimento cultural chamado das Luzes, Ilustração, Iluminismo racionalista ou, como dizem os Alemães, o *Aufklarung*, propagou-se aos países mais adiantados na emancipação do pensamento moderno e só por fim se estendeu aos de forte tradição católica, teocrática, como Itália, Espanha e Portugal. A Ilustração, nestes países, não era revolucionária nem irreligiosa, como a francesa, porém, como também está, reformista e pedagógica, fundada na crença mística de que a felicidade dos povos só podia encontrar-se no saber, no progresso intelectual, no desenvolvimento das ciências e nos ditames da lógica e da razão. Os doutrinadores ilustrados sonhavam com reformas capazes de nivelar as *atrasadas* nações católicas com as mais adiantadas da Europa. Em Espanha, o mais sério campeão do reformismo neste sentido — sem prejuízo da sua perfeita ortodoxia católica foi o padre beneditino Benito Feijoo. Em Portugal, entre outros, Luís Antônio Verney tomou a pena para iluminar uma Nação; textualmente, "*prese la penna per illuminare una Nazione*", como disse em uma de suas curiosas cartas escritas da Itália, citada no mencionado livro de L. Cabral de Moncada. Educado na Congregação do Oratório, Verney tornou-se inimigo da Companhia de Jesus, geralmente acusada então de obscurantista. No ódio que tinha aos Jesuítas nada ficou a dever ao Marquês de Pombal, de quem foi aliás "o mais fecundo oráculo", segundo deixou dito Camilo Castelo Branco. Era contrário ao predomínio político da Igreja, sem ser entretanto hostil ao Cristianismo. Esta opinião é confirmada pelo citado escritor, na obra que consagrou ao pensador setecentista português, a propósito de cartas e documentos deste, recentemente descobertos.

No clero português, como noc brasileiro, havia muitos anti-jesuítas, progressistas, maçɵes[23]. Luís Vieira da Silva, pode-se afirmá-lo sem muita afoiteza, era um filho da Ilustração, como todos ou quase todos os inconfidentes mineiros e como tantos outros brasileiros esclarecidos e descontentes, em fins do século XVIII e princípios

21) Ricardo Rojas, *Historia de la literatura argentina*, Buenos Aires, 1913, II. p. 21. Cit. por Ricardo Levene, obra já mencionada, p. 137.

22) São Paulo, 1941.

23) "Tiradentes e quase todos os conjurados eram mações" (Lúcio José dos Santos, *A Inconfidência Mineira*, p. 90).

do seguinte. E o ilustrado Vieira, como não era para menos, conhecia o pensamento social e político e a ação pedagógica do iluminista racionalista Luís António Verney, deflagrador do movimento de renovação mental em Portugal de seu tempo, o qual teve seus principais cooperadores em Ribeiro Sanches, Alexandre de Gusmão e Francisco Xavier de Oliveira. As *Obras*, em seis volumes, do arcediago da Sé de Évora, e mais a sua Lógica, em um, lá estavam na estante do cônego da Sé de Mariana. Claro que tais obras não poderiam faltar na sua estante, como não faltaram nas de outros estudiosos, no Brasil daquele tempo.

Era um *afrancesado*? Pode-se admiti-lo. As ideias francesas contagiavam alguns brasileiros seletos daquele tempo. Constituíam, é claro, uma reduzida minoria, mas pode-se admitir, como se tem admitido, que tais ideias influíram no pensamento autonomista dos conjurados mineiros, junto com razões mais fortes, de ordem econômica e afetiva, como o grande receio da derrama, o sentimento nativista e a hostilidade ao português[24].

O Cônego teria melhores motivos para sonhar com a independência do país. Não que acreditasse na possibilidade de sua realização por ocasião da conjura. Pensar então num levante parecia-lhe *refinada loucura*, como declarou na inquirição. Mas, mudadas as circunstâncias, dar-se-ia provavelmente aqui o que se passara na América inglesa.

24) Ver Caio Prado Júnior, *Formação do Brasil Contemporâneo* (Colônia), São Paulo, 1942, p. 364-367.

FIM DO ESCRUTINO

Que sabemos do Cóónego inconfidente? Quase nada. Diga-se entretanto, sem temor de errar, que a melhor notícia biográfica que dele nos ficou acha-se na relação dos livros que lhe foram sequestrados. Aplicam-se justamente ao caso as palavras do escritor e bibliófilo Jules Janin: "*Bon nombre d'honnétesgens n'ontpaslaissé d'autre oraison funêbre que le catalogue de leur bibliothêque,.*" Pelos livros que tinha em casa pode-se imaginar que era um espírito forte, o que não impede admitir que fosse um sacerdote exato e de firme crença católica. A confusão de ideias é geral mesmo naqueles que procuram tê-las muito claras e sólidas. Raro é que alguém saiba verdadeiramente no que crê. E isto era verdade sobretudo para os agitadores de ideias do século do racionalismo. Do mais prestigioso deles, Voltaire, já foi dito que "era um caos de ideias claras". Assim costumam ser esses homens, quando não são caos de ideias escuras. Mas as antíteses forçosas entre as teses de um católico e as de um enciclopedista resolviam-se numa síntese que as aproximava: o conceito do homem, considerado antes de nada como um indivíduo que pensa, como um espírito, conceito surgido ou revigorado no século XVIII, era na realidade cristão, e muito mais profundamente.

Homem de seu século, eis o que foi sem dúvida o Cônego Vieira da Silva. E o século XVIII não era destrutivo nem anti-religioso. Almejava, sim, um mundo melhor, livre, tolerante, mais atento às realidades físicas que às abstrações metafísicas.

Na cabeça do Cônego, como na de tantos outros bons católicos, fundir-se-iam numa síntese feliz as verdades da fé ou do coração com as verdades da razão e da ciência. Ou mais provavelmente achavam-se ali em compartimentos estanques: de um lado os princípios dogmáticos da Igreja e de outro as doutrinas heréticas dos pensadores e publicistas por ela condenados. E assim, tanto lia Voltaire, de quem se achou um tomo truncado de suas obras, como lia oseu contendor principal, o jesuíta Nonottc (*Les Erreurs de Voltaire: erreurs historiques et erreurs dogmatiques,* dois tomos). Lia livros de teologia e apologética católica e lia obras pouco simpáticas ou mesmo hostis à Igreja romana. Leu o abade Mably, comunista de salão filosófico, repudiador da propriedade privada e construtor político à maneira platônica. Desse utopista muitíssimo lido em seu tempo encontraram-se entre os livros confiscados: *Droit public de l'Europe*, obra proibida na França; De *l'Etude de l'histoire e Observations sur le gouvernement et les loisdes Etats-Unis d'Amérique*. (Dois destes eram do desembargador intendente Pires Bandeira, que os reclamou).

À inquietude política dos filósofos de Setecentos juntava-se a preocupação pelo direito natural ou das gentes. Tomás Antônio Gonzaga, sob a influência do tempo, escreveu um *Tratado de Direito Natural*, dedicado ao Marquês de Pombal, de cujo "despotismo ilustrado", grato a muitos espíritos esclarecidos do século XVIII, era então adepto o poeta[25]. Seu amigo o Cônego Luís Vieira interessava-se visivelmente pelos tratadistas do assunto. Entre estes figurava o publicista e jurisconsulto genebrino Burlamaqui, de quem possuía a obra mais considerável, os *Elementos de direito natural*. Junto desta e da citada de Mably (*Droit public*), tinha outras, todas excelentes, de autores não só de Direito natural e das gentes ou de Direito Público, como de Direito Civil e de Direito Canôónico e Eclesiástico. Nomeadamente: *Lois civiles dans leur ordre naturel* de Jean Domat, grande jurisconsulto do século XVII e obra essa considerada um dos maiores monumentos do Direito e da Filosofia; obras em latim do velho jurisconsulto italiano Farinacci (dito *Farinacius*), que fez autoridade durante quase dois séculos; *De Principiis juris natura et gentium de Pinetti*, dois tomos; *Institutiones juris publici* de Schwarz; *Droitdesgens ou principe de la loinaturelle*, de Vattel; dez volumes da obra em latim de Heineck (*Heineccius*), jurisconsulto alemão, autor de notáveis trabalhos de Filosofia, Direito e Beletrística; *Institutiones juris publici universalis* de Ignacio Escobar; *De Jure civile de Vinnen (Vinnius)*; *De Jure Lusitano* de Leitão; alguns tomos das Ordenações do Reino, um *Vocabularium utriusque juris* de Scot, etc.

Na relação que temos examinado lê-se esta indicação: "Gravinw Gravinoe *Opera*, 2 volumes em quarto". Não é preciso quebrar muito a cabeça para descobrir-se aí a obra jurídica de Giovan Vincenzo Gravina, famoso jurisconsulto e escritor italiano e o mais prestigioso crítico de seu tempo. Gravina escreveu uma Poética muito celebrada, *Ragion poetica*, e foi um dos fundadores, em Roma, da Academia dos Árcades. Antes de outros, reconheceu o gênio de Metastásio (o poeta mais querido dos árcades de Vila Rica) e tornou-se o seu protetor. Entre as obras de Direito que publicou, causou sensação a intitulada *De ortu et progressu juris civilis*, que influiu em Montesquieu. Na sua cátedra de Direito Civil, à face do Papado, traçou as bases do que a seu entender deveriam ser os limites da autoridade do chefe da Igreja em relação com a dos diversos soberanos da Europa.

Junto de tanta obra de Direito Civil, não eram menos numerosas as de Direito Canônico, em latim, por BchmerBoehmer, Doujat, González, Gratien, Aulisio, Brunemanus, Berard, Pichler, Halle, Becani, Gibert, Schmalzgrueber, Reifenstruei e outros.

Dignas de registro são também as obras *ConciliumTridentinum*, de Galemart (em duplicata), sobre o importantíssimo Concílio de Trento; *Analyse des Conciles*, cinco vol.; o *Catéchisme de Montpellier*, e a célebre *Bíblia de Vatable*, que contém, além do hebreu, a versão da Vulgata e a de Leão de Judá.

Iríamos longe se nos quiséssemos deter no exame minucioso da livraria do antigo lente de Filosofia da cidade de Mariana. O que esmiuçamos até aqui é o bastante para saber-se o que lia — e como lia bem!'. — um brasileiro ilustrado de fins de Setecentos, o mais ilustrado brasileiro do seu tempo, na opinião citada de Alberto Faria.

25) *Ver Marília de Dirceu e mais poesias* de Tomás Antônio Gonzaga, com Prefácio e notas do Prof. M. Rodrigues Lapa, Lisboa, 1937, p. XXVIIIXXIX.

Homem "instruído e noticioso", como a ele se referiu uma testemunha da inquirição-devassa, o cônego da Sé marianense era bem o tipo do leitor *à la page*, e leitor surpreendente, pois que, mesmo no interior da mal povoada Capitania das Minas — atentemos bem nisto — e apesar do estado de pobreza em que vivia, soube *encontrar alimento* abundante e variado para o seu apetite livresco, a sua fome de saber. Esse letrado filho das Gerais tinha talvez no coração a máxima que um escritor seu conhecido, o historiador Robertson, punha em todos os seus cadernos:

"*Vita sine litteris mors est.*"[26]

26) *Vita sine literismors est.* Sentença usada em *ex-libris* e marcas de impressores e livreiros. Variante do primeiro inciso da máxima de Sêneca: *Otiumsine litteris mors est et hominis sepultura.* (Epístola 82, 3).

APÊNDICE

TRASLADO DO AUTO DE SEQUESTRO FEITO NOS BENS QUE SE ACHARAM EM CASA DO CÓNEGO LUÍSVIEIRA DA SILVA

(Dos "Autos de Devassa da Inconfidência Mineira", publicados pela Biblioteca Nacional, Rio de Janeiro, 1936, Vol. V, PS. 277-291. Confronte-se este traslado com a avaliação dos livros sequestrados, em o Vol. I, PSp. 445-465, dos "Autos de Devassa").

Anno do Nascimento de Nosso Senhor Jesus Christo de mil setecentos e oitenta e nove aos vinte, e dois dias do mez de Junho da mesma era nesta Leal Cidade Marianna em Casas onde Residia o Reverendo Conego Luis Vieira da Silva de presente em Villa Rica onde foi vindo o Doutor Antônio Ramos da Silva Nogueira Juiz de Fóra por Sua Magestade nesta mesma Cidade em virtude da Portaria do Excellentissimo Visconde de Barbacena Governador e Capitão General desta Capitania para effeito de dar busca aos papeis do mesmo Conego, e fazer Sequestro nos seus bens, e sendo ahi nas mesmas Casas por elle Ministro em presença do Sargento Mor José da Silva Lobo fez o dito Ministro apprehensão nos papeis, e Cartas que se acharam nas referidas Casas, e dos mesmos fez entrega ao dito Sargento Mor que os recebeu fechados, e lacrados com sobrescripto ao dito Illustríssimo e Excellentissimo Senhor General na fórma da mesma Portaria, e logo em presença do mesmo Ministro foi mandado proceder a Sequestro dito Reverendo Conego que são os que ao diante se seguem do que para constar fiz este auto em que assignou o dito Ministro, e eu José Luis França Lyra Escrivão das Execuções Civeis que o escrevi — Silva Nogueira — E logo pelo Alcaide da mesma Cidade Manoel da Costa Vilaça se fez sequestro nos bens seguintes Doze Cadeiras de Campana com assentos de sola lavrada de jacarandá vermelho — Uma Poltrona de jacarandá preto com pés de burro, e assento de sola — Doze tamboretes torneados cobertos de couro cru — um baú de Moscovia com suas fechaduras — um preguiceiro — quatro mesas, duas lisas, e duas torneadas uma Caixa de frasqueira com cinco frascos vasios — seis laminas de uma frasqueira pequena com oito frascos de crystal branco vidro com molduras — doze Mappas com guarnições de jacarandá preto torneado — mais um dito Mappa — duas bocetas para tabaco de Retrato, e uma já quebrada — Cinco colheres de prata com o peso de noventa e oito oitavas — um enxergão de linhagem — um Leito uma bengala com seu castão de prata um talher com dois vidros e o mais aparelho que parece ser de prata — um assucareiro de Casquinha com seu vidro azul — um buleda mesma Casquinha, e uma Cafeteira da mesma — um Reposteiro de panno — azul grosso e usado sete covados, e meio de druguete cor de pulga novo — três batinas, e uma Capa de Clerigo tudo com uso — três morsas, uma de veludo, outra de gala, e a outra com pontas — uma Capa Magna preta — um par de pistolas curtas em bom uso — um jarro e bacia de água ás mãos de estanho — um barrete — um Solidéu — três chocolateiras de Cobre com o peso de oito Libras, e meia com uso — um coco de Cobre, e uma espumadeira do mesmo cobre — uma bacia de arame de pé de Catre — dois Candieiros, um de latão, e outro de estanho com seu uso — um tacho de Cobre com o de quatro libras e meia — uma bacia de barba de charão e dois Castiçais do mesmo charão, e caixa pequena para o sabonete já quebrada — um par de estribeiras de páu com sua ferragem de Latão amarello — uma sella velha usada uma pelle de onça em bom estado — uma armação de Chapéu de sol pequeno — uma Cafeteira de Cobre com seu uso — sete garrafas de vidro branco em que entram as redomas seis copos de calice de vidro branco — cinco copos pequenos de vidro branco, e dois ditos de vidro azul quatro ditos, maiores, de vidro branco — duas tigelas de Louça da Índia uma terrina de louça grossa do Porto — quatro tigelas de Louça de

Macáu — treze pratos de Louça da Índia de guardanapo finos — dois pratos grandes de Louça grossa do Porto, e dois ditos de cantos de guardanapos — um bule de Louça da Índia com sete chicaras finas — três tigelas de Louça grossa pequenas um talher com quatro vidros seis pires de louça da Índia — oito pratos de guardanapo de Louça do Porto — um moinho de moer café de mão e três bandejas de cobre acharoadas, uma maior, e duas mais pequenas de vidro preto — duas Colheres de prata com o peso de trinta e nove oitavas — duas facas, e dois garfos de ferro — dois candieiros de folha de Flandres — uma trempe de ferro com três fogos — dois barris para água com arcos de ferro um barril para azeite de mamona — um bule de louça da terra amarella — uma caixa de frasqueira velha — uma bacia mais de arame amarello — quatro facas de ferro com cabos de chifre uma escrivaninha de estanho com o seu prato do mesmo um Castiçal de palmatoria, e uma Campainha pequena de bronze — Thesouro Magno oito volumes Lois Civiles um volume in-folio — Diccionario da lingua portugueza, e franceza um volume in-folio — Gonzales Decretalium cinco volumes in-folio — Gonzales Commentario ad regulam octavum Cancellaric um volume Corpus Juris Canonici por Giberttres volumes infolio — Jus canonicum por Pichler um volume — Commentaria ad Constituciones Apostolica por Petra cinco volumes in-folio Sacra Rote Romana Decisiones por Gonzáles um volume in-folio Diccionario Portuguez e Latino um volume Julii Cesarii Opera ad usum Delfini um volume em quarto — La Science du Governement par M. De Réal oito volumes em quarto Corpus Juris Canonici Boemeri dois volumes em quarto — Brasilia Pontificia per Simonem Marques um volume in-folio — Nogueira Expositio Bullc Crutiatc Luzitanc concesse um volume in-folio Compendio geral da Historia da Ordem Terceira de São Francisco um volume in-folio Mundus Espectabilis Philosophii Consideratus Auctore Joseph Falk um volume in-folio Jus CanonicumUniversum Auctores Anacleto Reifenstruel três volumes — Dito TheologiaMoralis um volume in-folio — Thesaurus Sacrorum Rituum Auctore Bartholomeo Gavanti dois volumes in-folio — Felicis Potestatis Exame Ecclesiastico um volume in-folio — Thomasini Disciplina Ecclesic trêsvolumes in-folio— Berti HistoriaEcclcsiastica dois volumes in-folio— TheatrumTerrc Sanctc, et Biblicarum Historiorum Auctorcs Christiano Adricomio Delfo um volume in-folio Calepinus dois volumes in-folio — Finetti DePrincipiis Juris Nature, et Gentium dois volumes em quarto Bernardo in Canones quatro volumes in-folio— Dito in Canone / digo / Dito in Jus Ecclesiasticum dois volumes em quarto —Museum Italicum dois volumes — em quarto —Institutiones Juris Publiciuniversalis Auctores Ignacio Escovar dois volumes em quarto De Marca De Concordia Sacerdotii, et Imperii cinco volumes em quarto — Gravinc Opera dois volumes em quarto — DoujatPrenotiones Canonica um volume —Bossuet De potestate Ecclesiastica dois volumes em quarto — Diccionario Italiano, e Francez um volume — PhisicaelementaAuctore S. Gravesand dois volumes — Wolfii Elementa Matheseos Universc cinco volumes — em quarto — Philosophia mentis per Brixiam oito volumes em quarto — Manilli Astronomicon ad usum Delphini um volume em quarto Quintus Curtius um volume em oitavo Etudes de La Nature par M. Saint Pierre tres volumes em oitavo — Seneca Opera Omnia um volume em oitavo — Virgilio um volume em oitavo — Le Nouveau Secretaire de La Cour um volume em oitavo — Vocabulario utriusque Juris Scot um volume em oitavo Doctrina Pandectarum um volume em oitavo Pontificale Romano dois volumes em oitavo Petavi Rationarium Temporum dois volumes em oitavo Sanctii Minerva um volume em oitavo — Memoires de l'Histoire Naturelle um volume em oitavo — Elementos de Geometria pelo Padre Manoel de Campos um volume em oitavo — Dictionnaire Historiquedes Cultes Réligieux cinco volumes em oitavo — Dictionnaire de l'HistoireNaturelle par M. De Bomare seis volumes em oitavo — Geometria de Descartes dois volumes em oitavo — Verney Opera dois volumes em oitavo — Dito Logica um volume em oitavo — ZanesiPhysica dois volumes em quarto Musschenbroek Physica dois volumes em oitavo — Genuense Logica um volume em oitavo — Dito Metaphysica cinco volumes em oitavo — Elementa Matheseos Brixia um volume em oitavo — Dois Livros [em] Inglez em oitavo — Auzonio um volume em oitavo — Institutions de Medicine pratique Pinel dois volumes em oitavo — Traitédes MaladiesVénériennes Fabri um volume em oitavo — Avis aupeuple par M. Tissot sete volumes em oitavo — Exposition Anatomique de la structure [duCorps Humain] Winslow quatro volumes em oitavo — de M. L'Abbé Condillactres volumes em oitavo — Histoire desdé couvertes des Portugais par Lafitau quatro volumes em oitavo — Essais de Physique um tomo em oitavo — Manuel de l'Agriculture de LaSalle um tomo em oitavo —

Nouveau Dictionnaire Tome Premier dois tomos em oitavo — Nove Livros [em] Inglez em oitavo — Mélanges de Littérature Orientale Cordomi dois volumes em oitavo — Compendio das Epocas por Antônio Pereira um volume em oitavo — Novas Observações sôbre os differentes methodos de pregar, um volume em oitavo Secretario Portuguez Le Pêre Avaretres por Francisco José Freire um volume em oitavo volumes em oitavo— Nieuport Rituum Romanorum um volume em oitavo — Institutions Politiques Bielfeld quatro tomos em oitavo — Cicero De Officii um volume em oitavo — Elementos de direito natural por José Caetano de Mesquita dois volumes em oitavo — De l'EspritdesLois seis volumes em oitavo entrando outro volume de obras do mesmo Autor — Encyclopédie dois tomos em oitavo Mémoiresdu Conte de Brienne Elements de Docimastique quatro tomos em oitavo — L'Esprit de l'Encyclopédie cinco tomos em oitavo — Lettresdu Pape Clement Quatorz, e quatro volumes em oitavo — Concilio Tridentino um volume em quarto Dictionnaire Géographique um volume em oitavo Gradus ad Parnasum um volume em oitavo — Jardim doloroso um volume em oitavo Thesouro Carmelitano um volume em oitavo — Ulissea, ou Lisboa Edificada por Gabriel Pereira de Castro um volume em oitavo — Vocabulario das linguas Toscana, e Castelhana um volume em oitavo Quintiliani Institutiones Oratoriarum dois volumes em oitavo Dialogos sobre a Eloquencia um volume em oitavo — GrammaticaIngleza um volume em oitavo Philosophia Peripatetica Auctore Antonium Mayr quatro volumes em oitavo — Historia Civiledel Regnodi Napoledi Pietro Giannone quatro volumes em quarto — Ritual Romano um volume, em oitavo Dictionnaire François, et Anglois par Royer dois volumes em quarto Martirologium Romanum um volume em oitavo — Um livro de postilas de philosophia — Instrucção Liturgica pelo Padre Sarmento um volume em oitavo — Lisboa Edificada um volume em oitavo — Suetonio um volume em doze — Elementos da Arte Militar um volume em oitavo — Orbe Seraphico por Frei Antônio de Santa Maria Jaboatão um volume em oitavo — Diccionario Francez e Italiano por Venerone um volume em quarto — Memorias Historicas, e Genealogicas dos Grandes de Portugal por Dom Antônio Caetano de Souza um volume em quarto Lusiadas de Camões um volume em quarto — Le ParadisPerdue de Milton um volume em oitavo — Elements de Metaphysique pelo Abbade de Para um volume em oitavo — Ordenações do Reino dois volumes in-folio — Treze livros Inglezes em oitavo — Maximas sobre a Arte Oratoria por Candido Lusitano um volume em oitavo — De Jure Lusitano Matheus Homem um volume — Manciones Festaque Hebreorum Auctore Pedro Potto dois volumes in-folio — Observationssurle Gouvernement Des Etats Unis de l'Amérique par Mably um volume em oitavo — Secretsconcernantsles Arts et Métiers dois volumes em oitavo — Dictionnaire portatifdescas de conscience dois volumes em oitavo Iter per mundum Cartesii um volume em oitavo — Summa Theologica Sancti Thomc Aquinatestres volumes in-folio — Hugonis Opera oito volumes in-folio — De Ornatu, et Vestibus Aronis Auctore Didaco Del Castillo um volume in-folio — Menochii Commentaria Sacre Scripturc dois volumes in-folio — Theologia Speculatrix et PractivaAuctore Joanne Baptista Duhamel dois volumes em folio Concordantia Sacrorum Bibliorum um volume em folio Barradii Commentaria in Corcodia et Historiam Evangelicam quatro volumes em folio Blanc Analisis in Psalmo seis volumes em folio — Figures de la Bible quatro volumes em folio — Sancti Bernardi Opera dois volumes em folio — Sancti Ambrosii Opera dois volumes em folio Sancti Gregorii Magni quatro volumes em folio — Sancti Hieronimi Opera seis volumes em folio — Divi Augustini Opera onze volumes em quarto Melchiores Cani Opera um volume em quarto Bezombes Moralis Cristiane dois volumes em quarto — Benedicti XIV Theologia Moralis um volume em quarto — Apparatus ad Theologiam et Jus Canonicum um volume em oitavo — Les Erreurs de Voltaire tres volumes em oitavo — Histoire des Variationsdes Eglises protestantes par Bossuet cinco volumes em oitavo — Histoire de L'AmériqueSeptentrionelle par de La-Potiere quatro volumes em oitavo — Abregé de L'Embriologie Sacré par Denovard, um volume em oitavo — Berti De Theologicis disciplinis cinco volumes em oitavo — Mémoires pour servir à l'histoired eségarements de l'Esprit Hamain dois volumes em oitavo — Institutiones theologi & Moralis sete volumes em oitavo Horacio Flacus um volume em oitavo — Académiedes Jeux um volume em oitavo Febronii De StatuEcclesic um volume em quarto Analysedes Conciles cinco volumes em quarto Concilio Tridentino um volume em quarto Conducta de Confessores dois volumes em oitavo Discourssur L'Histoire de L'Eglisetres volumes em oitavo Abregé de l'Histoire Ecclesiastiquetres volumes em oitavo — Virgilio ad usum Iklphinitres volumes em oitavo

— Espirito do Christianismo um volume em oitavo — La Méssiade Poéme um volume em oitavo — Histoire de Theodosele Grand um volume em oitavo — Discurso sobre a historiaecclesiastica por Carlos Mendes Barreto tres volumes em oitavo — Geographia moderna po-La Croix dois volumes em oitavo — McursIsraelites, et des Chrétienspal Fleury um volume em oitavo — Voyagesau tour du Monde par Robillon quatro volumes em oitavo — Dictionnaire Géographique um volume em oitavo — Nouveau Dictionnaire Historique seis volumes em oitavo — Elementos da Historia por Pedro de Souza de Castello Branco cinco volumes em oitavo — Tablettes Chronologiques par Lenglet dois volumes em oitavo a— Histoire Moderne um volume em oitavo — Histoire Universelle par Turpin quatro volumes em oitavo — Abregé de L'Histoire Grecque um volume em oitavo — Discourssurl'Histoire Universelle par Bossuet dois volumes em oitavo — Tableau de l'Histoire Moderne par Metreagantres volumes em oitavo Histoire duRêgne de l'Empereur Charles V seis volumes em oitavo o — Histoire de l'Amérique par Robertson quatro volumes em oitavo — Histoire d'Ecosse par Robertson tres volumes em oitavo — Histoire de La Maison d'Otriche par M. Hume seis volumes em oitavo — Decadas de Barros quatorze volumes em oitavo — Cornelius Nepote um volume em oitavo — LesNuits Clementines um volume em oitavo — De Antiquitatibus Lusitanic Auctores Resendio um volume em oitavo Les Poésies d'Anacreont um volume em oitavo Demosthenes Orationes um volume em oitavo — Sermones de Cambasserestres volumes em oitavo — L'Art de ToucherleC Qurtres volumes em oitavo — Vossi Rhetorica um volume em oitavo — Arte Poetica por Francisco Joseph Freire dois volumes em oitavo — Arte Poet. de Candido Lusitano um volume em oitavo — La Gerusalemme Liberata dois volumes em oitavo — Cuvres de Racine três volumes em oitavo — La Secchia Rapita um volume em oitavo — Obras do Doutor Francisco de Sá de Miranda dois volumes em oitavo — La Mort de Abel Poême de Gessner um volume em oitavo La RéligionPoême par M. Racine um volume em oitavo — HoratiiFlaccii Carmina um volume em oitavo — Les (Eeuvres de Corneilletrês volumes em oitavo — Poesiedel Signor Petrone Latin et François dois volumes em oitavo — Metastasio dez volumes em oitavo em dozeTerentii Joseph Opera Poême um volume par M. em Bitaubé doze um— Ovidius Heroidum um volume volume em doze — OvidiusTristium um volume em doze — Catullus um volume em doze Les Aventures de Télémaque um volume em oitavo — (Eeuvres de M. Voltaire um volume em oitavo — Cathecismo de Montpellier cinco volumes em oitavo Nouvelle Histoire Poétique um volume em oitavo — Le Droit Publique de l'Europe par M. Mablytres volumes em oitavo — Palestra Oratoria dois volumes em oitavo — VinniusDe Jure Civili —um Clementinae Constitutiones um volume em quatro — Historia de Luigi decimo quarto quatro volumes em quarto —Zuessius Ad Institutiones um volume em quarto — Decretium deGratiani dois volumes em quarto tivcrvtaies Gtvgorii Noni um volumo em quarto Bruncmani Jure ecclesiagtieo um volume cm quarto CorviniTractntus um volume em onavo Martini becani Manualc Controversiarornurn volume em oitavo — Um Diccionatio Allem Ao Francez, e Latino Aulissi in Quatuortionum Libros Commentaria um volume cm oitavo Tbesaurusliogum digo Sacrotumtituum um volume inquarto Ecclcsiarum Reconciliatione um volume em folio Pratica del Confissionario um volume cm folio Jus Ecclesias ticumauctorv Francisco Schmalgruebertrês volumes em folio —Farinacii Opera dois volumes cm folio —Nogueira Questiones Singularis um volume em folio — Perfeito Confessor dois volumes em folio — Theatro Critico Universal um volume cm quarto Aranhc Disputationcs Mcthaphi. sicr um volume cm quarto Comrwndium Philosophicum neologicumauctorc Emanuclc Ignacio Coutinho um volume cm quarto — Princeps Christianusauctore Joane Orano um volume em oitavo Confrontação da doutrina da Igreja com a Doutrina dos Jesuitas um volume em oitavo LC Nou. vcllistedu Parnassc dois volumes cm oitavo De ratione disccndi, ctauctorc Joseph Juvencio um volume cm oitavo Histoire Généraledu Portugal par Delacledetrês volumes em oitavo — Institutionum Cano um volume cm oitavo —Gravesand Opera dois volumes em quarto / — um oculo de ver ao longe Contes Moraux par Marmontel dois volumes em oitavo / truncados / — Oito livros de diversas obras /truncadas/ de oitavo — Sete facas e nove garfos de ferro com cabo de osso —— O panno verde, que está sobre a mesa uma thesoura pequena de ferro — duas sobrepelizes de mangas com renda Mappa com molduras de jacarandá Duas bestas muares, uma castanha escura e outra clara, cujos fez o Alcaide Manoel da Costa Villaça entrega por mandato delle Ministro ao Tenente Manoel Barbosa de Carvalho que os recebeu, e delles ficou entregue como fiel depositário de juizo, e foi notificado para que dos mesmos bens não dispuzzsse sem especial ordem de justiça pena da lei a que assim se sujeitou, e para constar faço este instrumento em que assigna elle Alcaide, e depositario commigo José Luiz França Lyra Escrivão das Execuções Civeis que o escrevi, e assignei — José Luiz França Lyra Manoel Barbosa de Carvalho — Manoel da Costa Veloso. E não se continha mais cousa alguma em o dito Auto de Sequestro que eu dito Escrivão bem e fielmente o fiz trasladar o presente do proprio que fica em meu poder ao que me reporto, e vae sem cousa que duvida faça em fé do que o subscrevi, conferi, e assignei nesta dita Leal Cidade aos nove dias do mez de Julho de mil setecentos e oitenta e nove annos, e eu José Luiz França Lyra Escrivão das Execuções civeis que o subscrevi e assignei.

José Luiz França Lira

Certifico que no acto do presente Sequestro feito ao Sequestrado Reverendo Conego Luiz Vieira da Silva só se lhe acharam os bens conteudos no mencionado Sequestro em fé do que passo a presente. Marianna a 9 de Julho de 1789.

José Luiz França Lira

COMO ERA GONZAGA?*

PREFÁCIO

Se este precioso volume necessitasse de justificação, encontrá-la-ia numa frase do velho Bacon: "It is the personal that interests mankind". Está nestas palavras a explicação da fome e da sede com que os homens se atiram à leitura de autobiografias, biografias, confissões, cartas, bilhetes, quaisquer dados pessoais, e à contemplação de retratos, fotografias, caricaturas, objetos e até da letra de seus semelhantes.

Não lhes basta possuir e devorar as obras de romancistas, poetas, pintores, músicos, filósofos ou cientistas: quanto mais as conhecem tanto mais ardem por saber como são os seus autores (belos, feios, simpáticos, antipáticos, louros, morenos, pretos); quando (pela manhã ou à noite?) e como escrevem (a lápis, a máquina, a tinta?); de que gostam, o que detestam; quais os seus hábitos e as suas manias; a mulher ou as mulheres que amam ou amaram; se bebem, se fumam, se têm bons músculos, vesícula biliar em mau estado; se são míopes ou enxergam longe; de que morreram ou de que parece que vão morrer; se são bons chefes de família, homens de bem e de bens, cínicos, rufiões, moedeiros falsos; se já mataram alguém; se usam ou usaram pseudônimo. ("The journal of a disappointed man" foi livro virtualmente desconhecido durante mais de vinte anos. Quando se revelou que W. N. P. Barbellion não era nome, mas pseudônimo de Bruce Frederick Cummings, a fortuna do livro ficou assegurada, pois entrou toda gente a indagar: "Quem é? Quem não é? Como e por que nasceu, onde e quando? Por que haverá usado um nome falso? Que dirá de si mesmo nesse livro misterioso? — E vinha a grave afirmação final: Aí há coisa...).

O homem arde por conhecer a natura hominum: ama saber que os seus semelhantes são realmente seus semelhantes e, se possível e sobretudo, seus iguais num variado número de coisas, senão em todas, e julga (provavelmente não sem razão) que em cada homem de fama, por maior que seja em inteligência ou sensibilidade artística ou poder, há sempre um pouco (talvez muito) do pior de todos os homens. Quanto mais distante e diverso qualquer ser humano se sente, por exemplo, de um escritor ou de um artista, tanto mais deleite encontrará em verificar que, ao cabo de contas, o humano os identifica, os iguala e, em certo sentido, os reduz e confunde.

* Aparecido primeiramente na Coleção Cultural, N.º 2, das Publicações da Secretaria de Educação do Estado de Minas, Belo Horizonte, 1950. Reproduzido aqui com o Prefácio que para essa edição escreveu Abgar Renault.

Cópia fotográfica da estampa que reproduz o quadro a óleo de J. M. Mafra, Gonzaga na prisão, e orna a edição de Marília de Dirceu feita pelos Irmãos Laemmert, Rio de Janeiro, 1845.

É provável que a curiosidade, que sempre segue um homem famoso, seja menos o desejo obscuro, sentido pelo curioso, de ter fama equivalente do que a ânsia de nele averiguar tudo quanto, por força da natureza humana, há de ser igual ao que existe no mais comum dos homens, se não for pior. Pode muito bem ser um fenômeno de compensação em que a inveja e a ambição operem, à sobcapa, à margem do foco da consciência, as suas artes e artimanhas e levem a cabo um processo de igualação, adotando como nível comum não os índices mais altos, senão precisamente os mais baixos ou mais quotidianoscotidianos, da pessoa cujos atributos intelectuais ou artísticos a tinham transformado em modelo ou arquétipo.

Eduardo Frieiro, para satisfazer milhares de curiosos, deliberou estudar a figura física de Gonzaga: leu, releu, examinou, indagou, pesquisou e deu-nos, afinal, uma figura do poeta.

Será exata, fiel, parecida ou semelhante essa figura? Não se sabe. É um retrato deduzido de uma série de documentos, de imagens de Gonzaga e de estudos do meio e da época. Não possuímos uma fotografia do inconfidente, mas possuímos um retrato seu, isto é, a sua imagem física e a sua aura psicológica, ou seja — a sua natureza completa, exterior, profunda e íntima, como a entreviu e a recompôs e completou Eduardo Frieiro com as antenas agudas da sua sensibilidade e a graça e as tintas primorosas do seu pincel sutilíssimo.

Quem acaso não conhecesse ainda as virtudes do estilo do retratista de Gonzaga, poderia avaliá-las todas, com justeza absoluta, pela excelência deste livrinho admirável. Bastaria, por exemplo, a cena em que Frieiro figura o poeta, "na manhã de um domingo do anode 1786 ou princípios do seguinte, ataviando-se para ir ouvir a missa das nove na matriz de Nossa Senhora da Conceição de Antôónio Dias". Que precisão de linguagem, que exatidão no enumerar os indumentos, que graciosa agilidade e que finura nos traços movimentados dessa composição!

Há que assinalar também, ao lado da realização em si do retrato do enamorado de Marília, valiosas anotações críticas sobre a sua figura literária, a evocação de Vila Rica e a recriação da atmosfera saudosa dos fins do século XVIII, — Tudo levado a efeito de maneira magistral.

Com este volume, que tanto tem de exíguo quanto de admirável, a pena insigne de Eduardo Frieiro oferece contribuição sem preço à "Coleção cultural" da Secretaria da Educação e ao público, por este intermédio, a sua força de pesquisador e a sua agudeza de crítico em uma das páginas mais ricas que ainda escreveu.

É com orgulho e prazer que a ele agradeço esta colaboração singular à obra de divulgação de altos padrões de cultura em que está empenhado o Governo do ilustre Sr. Milton Soares Campos.

Dezembro de 1949.

ABGAR RENAULT

O RETRATO IMAGINÁRIO DE GONZAGA

A figura de Tomás Antôônio Gonzaga, como a conhecemos em estampa, é a reprodução de um retrato feito em 1843 por João Maximiano Mafra, então estreante como artista do pincel e que depois foi secretário da Escola Imperial de Belas-Artes e ideou a estátua equestre de Pedro I, fundida em bronze pelo francês Rochet e levantada no Rio à Praça Tiradentes. Gonzaga é representado no cárcere, sentado num poial, junto da enxerga de que pende um cobertor e tendo à frente a bilha de água e uma escudela. Está com a camisa de babados aberta no peito, veste calções que se estreitam abaixo dos joelhos e calça botas de cano alto. Um capote abriga-lhe as costas apoiadas ao vão da "masmorra imunda e feia". Está com o pensamento longe. Pensa tristemente em Marília, que espera tornar a ver breve, em Ouro Preto. Porque é impossível que não reconheçam a sua inocência. Tudo aquilo é um horrendo pesadelo, excessivamente prolongado e cruel. Passará como passam todos os pesadelos. Acaba de escrever as suas derradeiras liras na prisão. Pedira à paixão e à arte suprissem o que lhe restava da inspiração, destroçada pela desgraça. A sua mão esquerda pousa sobre umas laudas de papel no recosto do poial e a direita prende entre os dedos o pedúnculo arrancado a uma laranja que está a seu lado. Vê-se um pouco acima, metida na parede, a candeia de azeite, cuja fuligem lhe ministrava a tinta em que embebia o pedúnculo da laranja, para utilizá-lo como instrumento de escrever, tal como se lê na lira 1, Parte II, que o poeta dirigiu a Marília:

> A fumaça, Marília, da candeia,
> que a molhada parede ou suja ou pinta,
> bem que tosca e feia,
> agora me pode
> ministrar a tinta.
>
> Aos mais preparos o discurso apronta:
> ele me diz que faça no pé de uma
> má laranja ponta,
> e dele me sirva
> em lugar de pluma.

Esse Gonzaga pintado de imaginação representa um moço alto e esbelto, com o mesmo perfil numismático de adolescente e a mesma expressão pensativa e melancólica de Lord Byron retratado por R. Westall. Uma longa cabeleira, escura e farta, flutua pelas costas do prisioneiro, de conformidade com o que está na lira 20, Parte II:

> Deixo a cama ao romper d'alva;
> o meio-dia tem dado

e o cabelo ainda
flutua pelas costas desgrenhado.

A edição da *Marília de Dirceu* feita no Rio de Janeiro em 1845 pelos irmãos Laemmert reproduz esse retrato, numa gravura em aço que traz em baixo esta indicação de procedência: *Imp. Caillet, calle Jacob, 45, Paris.*

Referindo-se ao retrato no artigo intitulado "Algumas reflexões a propósito da nova edição da Marília de Dirceu", inserto na *Nova Minerva*, N.º.1, de 1.º de dezembro de 1845[1], escreveu o poeta Dutra e Melo, amigo de Mafra:

"Ainda há pouco, o feliz pincel de um jovem artista estreou pela representação do nosso poeta na masmorra. Admiramos a imaginação que ousou no seu primeiro adejo apoderar-se de uma ideia que revela na sua alma tanta sensibilidade e amor das coisas pátrias. Os emboras de todos os amantes do poeta, aplaudiram a realização desse belo pensamento através de alguns defeitos inevitáveis num primeiro ensaio. Viu-se nesse rosto encantador o semblante de Gonzaga, a melancolia e doçura do olhar e a harmonia estética da cabeça e feições dum poeta: — e (caso estranho!) entre todas as pessoas que viram com prazer este trabalho do Sr. Mafra houve alguém que, procurando o artista, veio a saber dele como obtivera o retrato do poeta. O jovem pintor, sorrindo, lhe disse não ter notícia de retrato algum de Gonzaga, e fez-lhe ver que o seu trabalho fora todo ideado. Então, lhe respondeu essa pessoa, eu o felicito por haver tão felizmente adivinhado a fisionomia do poeta: tive a satisfação de ver na terra do exílio o ilustre autor da *Marília*, e, apenas deparei com o quadro, reconheci logo as feições e o ar melancólico do seu rosto. — Então? Eis aí o que é ser feliz. — Este fato, que aqui muito adrede comemoramos para que se não perca, nós o afiançamos por verdadeiro, assim como não podemos duvidar de quem nos revelou este acaso singular."

Pode-se admitir, hipoteticamente, que o retrato a óleo feito por Mafra teria agradado a Gonzaga, se acaso o houvesse conhecido. Por ser fiel? Claro que não. Justamente por não o ser. Quem é que pede fidelidade ao retratista? Gonzaga, romântico pela sensibilidade, muito vaidoso e cuidadoso da sua pessoa física, gostaria de um retrato assim, acentuadamente romanesco, que o fazia bonito e o remoçava vinte anos[2].

Joaquim Norberto de Sousa Silva, o historiador da Conjuração Mineira, a quem Mafra ofereceu o quadro, admite a fidelidade, fiado na opinião de Dutra e Melo, que se referira à casual semelhança do retrato com a pessoa nele representada, consoante o vago testemunho de alguém que teria conhecido o poeta na África. Fiava-se Norberto em bem pouco. A opinião invocada no caso não fazia a mínima

1) Reproduzido em "Autores e Livros", Suplemento literário de A Manhã, Rio de Janeiro, Vol. V, n.º 5, p. 69 e 70, de onde é feita a citação acima.

2) Recentemente, o pintor Alberto Guignard realizou de imaginação um retrato de Marília e Dirceu, juntos, namorando à sombra duma árvore, vendo-se ao fundo uma parte de Ouro Preto. A figura de Dirceu, tratada aí com mais fantasia e anacronismo que no retrato feito por Mafra, parece um boneco de pano, vestido como um dandy do século XIX, e tem um bigodinho completamente romântico como só se usou muito depois da morte de Gonzaga. Foi reproduzido em zincogravura na edição de 25 de janeiro de 1948, do *Pensamento da América*, Suplemento de "A Manhã" do Rio de Janeiro.

fé, sobretudo porque a imagem idealizada pelo pintor não concorda em nenhum ponto com a vera efígie de Gonzaga, tal como seria permitido concebê-la na época de sua prisão.

É curioso observar que justamente na mencionada edição de *Marília de Dirceu*, em que vem o retrato de que estamos tratando, diz J. M. Pereira da Silva na Introdução histórica e biográfica que para ela escreveu:

"Era Tomás Antôónio Gonzaga de estatura pequena, cheio de corpo; tinha fisionomia clara e espirituosa, animada por dois olhos azuis, vivos e penetrantes: sua conversação alegre e jovial encantava, seus modos agradáveis e polidos lhe atraíam todos os corações."

Note-se bem: "de estatura pequena, cheio de corpo".

A estampa à entrada do volume oferece pois uma imagem do poeta que está em contradição com a traçada pelo historiador literário, páginas adiante.

O viajante e explorador inglês Richard F. Burton, que esteve em Minas e visitou Ouro Preto, recolheu nesta cidade curiosas notícias e muitos rumores e ditérios a respeito de Gonzaga e de Marília, ouvidos de velhos moradores do lugar que os haviam conhecido. Esses rumores, como em regra os que andam na boca do povo, eram maldosos e zombeteiros, e Burton os reproduz, complacentemente, em seu livro *Viagens aos planaltos do Brasil* (1868). Referindo-se ao *Proscrito da África* (Gonzaga), descreve-o como baixo, gordo e louro, e usa as mesmas palavras de Pereira da Silva na edição Laemmert de 1845, evidentemente manuseada pelo viajante. Ri-se do retrato que a orna: "O retrato estampado na edição favorita *fora tirado do fundo de sua recordação pelo artista*, Cm. J. M. Mafra. Mostra-nos o poeta, no cárcere, muito precisamente como não era, alto, magro, com 24 em vez de 48 anos, de longos cabelos escuros, feições regulares e melancólicas e irrepreensíveis botas de canhão alto."

E diz ainda Burton, ao que parece bem informado acerca do poeta: "Era um *dandy*, gostando de camisas de batista, rendas, lenços bordados; deixou cerca de quarenta casacos, uns cor de pêssego, outros verde-papagaio."

Sim, um *dandy*, um sécio. Mais exatamente: um peralta, como se chamava em Portugal de fins do século XVIII ao elegante namorador.

Não era rico. Para transportar-se de Portugal ao Brasil, quando nomeado para o cargo de ouvidor na comarca de Vila Rica, teve de pedir dinheiro emprestado. Seu estado econômico não era próspero na capital de Minas e nunca o foir. Tinha porém um guarda-roupa muito bem abastecido. Leia-se o traslado dos autos de sequestro de seus bens: é uma longa relação de casacas e casacos, véstias e vestidos, fraques, calções e coletes e pescocinhos, camisas finas com babados e punhos de renda, lenços e meias, tudo em sedas, bretanhas e cambraias, sapatos com fivelas de prata e muitas outras tafularias.

Tenho para mim que o poeta casquilho e namorador era como o descreveu Pereira da Silva: de estatura pequena e cheio de corpo. Era louro e teria olhos azuis, como afirmou aquele historiador, Pensando no homem entre os quarenta e cinquenta, que ele já era quando ajustou casamento com Maria Dorotéia, donzela em botão, eu acrescentaria mais dois traços ao retrato: a barriguinha proeminente e a meia calva. É que as gordurinhas no ventre e a calvície são frequentes no tipo morfológico peninsular que era o seu.

Quando o encarceraram não tinha cabelos escuros nem fartos. Longe disso: o cabelo dourado começava a branquejar e a rarear na cabeça. Ele próprio o diz na lira 4, Parte II:

> Já, já me vai, Marília, branquejando
> loiro cabelo, que circula a testa;
> este mesmo, que alveja, vai caindo,
> e pouco já me resta.

Como era na realidade a figura de Gonzaga? Positivamente não o sabemos. Podemos apenas fazer uma ideia mais ou menos aproximada. Em troca, pode-se afirmar sem o mínimo receio que aquele Gonzaga de perfil de medalha e longa cabeleira negra, que todos conhecemos em estampas de manuais escolares, é tão imaginário e tão falso como o barbado e melenudo Tiradentes, com a corda ao pescoço, que um desenhista do segundo reinado, José Aleixo[3] traçou a seu capricho, ignorando talvez que não se usava barba no tempo da Conjuração. Crescera-lhe a barba durante a longa prisão? Muito provável, porém os condenados à pena última eram barbeados antes do suplício. O desenhista, sem pensar nisso, colaborou na configuração do mito histórico. A tradição, muito mais caprichosa que o artista, perpetuaria aquela figura nos compêndios cívico-didáticos com a imagem do protomártir da independência nacional.

Para isto servem, tanto o retrato de Gonzaga como o do Tiradentes: para iconografia de compêndio escolar, A iconografia, aí, vale a literatura[4].

3) Ver *Assis Cintra, O general que vendeu o Império*. Empresa Editora J. Fagundes, São Paulo, 1936, p. 94.

4) Onde estará o retrato a óleo de Gonzaga, se é que ainda existe? Meu prezado e admirado amigo, o professor Hélio Vianna, catedrático de História do Brasil da Faculdade Nacional de Filosofia e apaixonado investigador de coiusas do nosso passado, a quem formulei aquela interrogação, interessou-se logo pelo caso e, a propósito dele, escreveu-me em carta de 13-III-48:

"Fiquei, há tempos, de procurar notícias sobre o retrato de Gonzaga, pintado por João Maximiliano Mafra (avô do Carlos de Laet, pelo lado materno). Conforme lhe escrevi, confiei o caso à perícia do Sr. Francisco Marques dos Santos, que não falhou, como de costume. Embora ainda não tenha sido possível localizar o retrato, presentemente, descobriu, na *Notícia do Palácio da Academia Imperial das Belas-Artes do Rio de Janeiro,* de 1843, raríssima, a seguinte indicação à pág. 53, em que se descrevem os objetos expostos na sala n.º 9:

> "O Sr. João Maximiano Mafra, rua da Cadeia n. 15. Tomás Antônio Gonzaga, natural de Pernambuco, autor de Marília de Dirceu, conspirando com outros filhos do Brasil a prol da sua Independência, é preso e encerrado na Fortaleza de Santa Cruz. O poeta acaba de escrever uma de suas imortais liras, e parece meditar em outra."

A meu pedido, o Sr. Marques dos Santos continua na pista, com muito gosto. Quem sabe ainda não descobrirá o retrato, num dos depósitos do porão da Escola de Belas-Artes, onde ainda há pouco achou preciosos trabalhos de Marc Ferrez, que eram tidos como perdidos?".

JUIZ CASQUILHO E POETA NAMORADOR

O título acima deveria ser mais propriamente, embora sem a menor intenção depreciativa: *O peralta Gonzaga*. O querido lírico da Marília de Dirceu era um pimpão, um casquilho, o que em 1820 se chamou umdandy e hoje diríamos um almofadinha ou um *grã-fino*.

Leia-se o saboroso livro de Júlio Dantas, *O amor em Portugal no século XVIII.* A sociedade portuguesa de Setecentos, beata e inculta, afrancesada e frívola, escandalosamente mulherenga e afetadamente erótica, conheceu três tipos diferentes do elegante namorador: o faceiro, o *casquilho* e o *peralta*. Este último era o elegante da época de D. Maria I, quando Gonzaga esteve em Minas.

Um poeta de fins do século XVIII, citado por Júlio Dantas, traçou numa décima a caricatura do *peralta*:

> Chapéu de canto cortado,
> Trancinhas postas à cara
> E no pescoço uma vara
> De pano bem amarrado:
> Brinco na orelha apertado.
> O vestido todo inglês,
> Quase descalço dos pés,
> Tudo posto em má postura,
> Esta é a triste figura
> Do peralta português.

Desta caricatura não queremos aproximar a figura de Gonzaga. Mas vemos o poeta como ele certamente era: um elegante à maneira da época, taful, inclinado ao galanteio e ao namoro; um peralta, em suma, ou um casquilho, termo menos desairoso, dado ao elegante do tempo de Pombal e que se continuou a usar.

Ambos os termos ocorrem em diferentes passos das *Cartas Chilenas*, tomadas à má parte. O autor da sátira anônima chama "rei dos peraltas" ao governador Cunha Meneses, o *Fanfarrão Minésio*, porque se trajava com garridice, sem a modéstia que devia servir de exemplo aos seus governados. Na Carta I, versos 80 a 104, traça-lhe a ridícula caricatura. Na seguinte, versos 264 a 267, volta a censurá-lo por peralta e casquilho:

> Espertavas, acaso, um bom governo
> Do nosso Fanfarrão? Tu não o viste
> Em trajes de casquilho nessa corte?
> E pode, meu amigo, de um peralta
> Formar-se de repente um homem sério?

Mais adiante, na Carta IV, versos 245 a 249, alude ainda às inclinações frívolas do Fanfarrão, impróprias dum bom governante, na opinião do satírico pechoso:

> Aquele que consome largas horas
> Em falar com os sécios e peraltas,
> Em meter entre as pernas os perfumes,
> Em consertar as pontas dos lencinhos,
> Não nasceu para as coisas que são grandes.

Agora ocorre perguntar: podia Gonzaga (a quem muitos atribuem a autoria das *Cartas Chilenas*), podia o peralta Gonzaga, amante dos atavios e das louçainhas, ser o mesmo criticador caturra, o severo Critilo que castigava a peraltice do Fanfarrão Minésio? Pode-se admiti-lo, mas com maioria de razão é lícito duvidar. Cláudio, sim, tinha mais estofo de criticón. Por sinal que entre os seus livros se achou a obra célebre de Gracián, em que dialogam Andrênio e Critilo[5].

Ouro Preto é por aquela época, como se lê nas *Cartas Chilenas*, uma "terra decadente", um "humilde povoado, onde os grandes moram em casas de madeira a pique". A pobreza nas Minas é geral. Os principais proprietários de lavras e roças estão endividados até à raiz dos cabelos. A situação econômica de Gonzaga não é folgada, nunca o foi. Entanto, nessa tapera que é a Vila Rica, chamada melhormente pelos ironistas a Vila Pobre, o ouvidor poeta não abandona seus gostos e hábitos de elegância.

Figuremos Tomás Antônio, na manhã de um domingo do ano de 1786 ou princípios do seguinte, ataviando-se para ir ouvir a missa das nove na matriz de Nossa Senhora da Conceição de Antônio Dias. Já barbeado, enfia umas ceroulas de bretanha, veste uma camisa fina com punhos de renda e calça meias de seda branca. Escolhe vagarosamente as peças do vestuário. Hesita um momento entre os três vestidos ou trajos que o moleque servente estendeu na cama, todos de seda, a casaca caseada de prata, a véstia bordada e o calção: um é amarelo tostado, outro da cor do bicho-da-couve e outro cor de pessegueiro. Tomás Antônio observa a rua: manhã ouro-pretana, baça e fria; a garoa pode cortar-se a faca. Despe o que vestira. Levará outro trajo mais adequado ao tempo: por cima do espartilho mete um colete de seda branca, recamado de ouro e cores, sobre este um fraque de belbute roxo lavrado, e enfia-se depois em calções de cetim verde-periquito. Sobre um pescocinho de cambraia, dá duas voltas e uma laçada à gravata preta de seda. Calça sapatos de cordovão preto com enormes fivelas de prata e detém-se um bom pedaço diante do espelho, já atado atrás o cabelo, eriçando e ajeitando ao lado das orelhas a trunfa loura, que principia a tornar-se ruça e rala. Pinta os beiços e polvilha o rosto. Na algibeira do fraque mete com as pontas viradas para fora o lencinho de renda de Veneza perfumado de almíscar e, na esquerda, o livro de fitinha e o rosário. Enluva-

5) O problema da autoria das *Cartas Chilenas* continua insoluto e não se resolverá com argumentos estilísticos. Era essa a opinião do inolvidável mestre João Ribeiro, com a qual sempre estivemos de acordo, e o mais são devaneios literários. Pode-se mesmo duvidar, e tem-se duvidado, que as houvesse escrito qualquer dos inconfidentes apontados como seus possíveis autores.

se, apanha o capote cor de vinho, a bengala com castão de ouro lavrado e o enorme chapéu, espécie de mitra de papelão e tafetá preto. Consulta o relógio de pechisbeque com perendengues de ouro presos à corrente: vai chegar atrasado. Levara duas horas a preparar-se.

Sai para a rua, em passo de minueto; dobra uma esquina, dobra mais outra e desce a rua de trás de Antônio Dias, com infinitas cautelas, aos pulinhos, para evitar as poças de lama e os cascalhos do mau calçamento de pedra de canga, o terrível *pé-de-moleque*, "Raio de aldeia, boa só para labregões e negros!" iria ele praguejando, furioso por levar já os sapatos enlameados.

Assentado estrategicamente em uma das tribunas da igreja, Tomás Antônio namora Maria Dorotéia, sentada em baixo e à sua frente, junto das damas de qualidade. Ou namora outra, talvez, se aindanão é noivo dela, ou, se já o é, no caso em que ela não se ache presente. No namoro de longe, o chapéu exprimia por movimentos especiais os sentimentos e desejos do homem, aos quais a namorada respondia com manejos e posturas de leque, tudo de acordo com um código de sinais equivalentes às letras do alfabeto.

O século era do namoro por trás do leque, das cartas amantéticas, dos bruxedos de amor, dos maridos cucos, das mães solteiras e das casas de rodas para enjeitados. E Gonzaga era português, tanto vale dizer: amoroso de puro amor. Caminha para a casa dos quarenta anos quando começou a namoricar Maria Dorotéia, adolescente. O namorico durara, tornara-se namoro e ia dar em noivado. Claro que Gonzaga devia ter tido namoradas em Portugal e teve-as com toda a probabilidade em Ouro Preto, antes de pensar no noivado com a sobrinha e tutelada do Tenente-Coronel Ferrão, ajudante-de-ordens do Governador, Porque o terníssimo árcade, não obstante o seu lirismo mimoso e alambicado, era bastante positivo em amor, como em regra o é o "portuguesinho valente". Sabe-se que em Ouro Preto teve uma ligação amorosa com uma dama (a Laura das suas Liras, crê-se) que lhe deu um filho e, parece, motivou ciúmes de Maria Dorotéia.

Embora sensível aos atrativos femininos, conservara-se celibatário até aquela idade. Mas chegara a ocasião de tomar estado, uma vez assentada a sua vida no Brasil. Os namoros e as aventuras galantes mais ou menos duráveis já não convinham à sua condição de magistrado nem à sua idade.

Não faltaria quem o aconselhasse:

"Casa-te, Gonzaga. Ainda é tempo. Precisas de quem te sirza as meias e pregue os botões das tuas ceroulas e camisas e te trate do estômago e das macacoas da idade... Careces de uma companheira que tenha contigo cuidados de mãe e de enfermeira, e que ainda te dê descendência."

Nisso mesmo pensava Gonzaga. Chegara o momento de realizar o seu ideal familiar e burguês. Passava já bem dos quarenta. Queria uma esposa bela e amorável, Queria filhos legítimos, que pudessem usar o seu nome, sem pejo.

E não faltariam as razões detestáveis do senso comum, por bocade algum amigo que ignorasse ou fingisse ignorar o seu namoro com uma menina:

"Precisas casar, Gonzaga. Um magistrado, na tua idade, não deve continuar solteiro. Ainda não é tarde. Nunca falta um chinelo velho para um pé doente. Escolhe uma moça mais ou menos da tua idade...

A resposta de Gonzaga podia ter sido aquela muito conhecida: "Casar com uma mulher de quarenta anos? O que eu preciso é de duas de vinte!"

Maria Dorotéia roçava pelos dezenove. Era o ideal: uma mulherzinha em flor. Por que não? Tomás Antônio achava-se em boa forma, com as melhores disposições para realizar a união. Com gabolice bem masculina, própria de femeeiro, assim o declarou na primeira lira que dirigiu a Marília:

> Eu vi o meu semblante numa fonte:
> dos anos inda não está cortado;
> os pastores, que habitam este monte,
> respeitam o poder do meu cajado.
>
> Com tal destreza toco a sanfoninha,
> que inveja até me tem o próprio Alceste:
> ao som dela concerto a voz celeste;
> nem canto letra que não seja minha.
> Graças, Marília bela,
> graças à minha estrela!

Traduzido em prosa vulgar: estava rijo, firme ainda para o que desse e viesse; o espelho não reproduzia estragos da idade e — atrativo muito ponderável — os belos versos anacreônticos que compunha eram letra sua, não imitados, e causavam inveja ao próprio Alceste, o veterano Cláudio Manuel, mestre da rima. Sentia-se contente, agradecido aos seus bons fados.

Dava por encerrada a sua vida de casquilho namorador e já se via casado, na comodidade do lar, em chinelas, tendo ao lado a mineirinha por quem andava todo derretido. Com o calor da sua presença juvenil, Maria Dorotéia incutia-lhe o gosto de viver, incitava-o a trabalhar, estimulava-lhe o talento:

> Enquanto resolver os meus consultos,
> tu me farás gostosa companhia,
> lendo os fastos da sábia, mestra História,
> e os cantos da poesia.
>
> Lerás em voz alta, a imagem bela;
> eu, vendo que lhe dás o justo apreço,
> gostoso tornarei a ler de novo
> o cansado processo.

Era o que o poeta esperava do casamento: um brando conchego para quem já dobrava o cabo tormentório da quarentena. Fazia, provavelmente, os planos mais otimistas. Diria talvez, como Pangloss, que tudo ia bem no melhor dos mundos imagináveis.

O otimismo é uma amarga ironia. Não demorou muito que acontecimentos violentos viessem destruir os sonhos de felicidade do poeta desembargador.

O CASAMENTO NO DESTERRO

A história do idílio amorosgo de Tomás António Gonzaga e Maria Dorotéia, como chegou até nós, segue quase à risca o que o poeta deixou expresso no *Marilia de Dirceu*. E essa história idealizada, recomposta pouco depois, já em plena época romântica, tem por esse e por outros motivos um cunho marcadamente romanesco.

Há muito derretimento e melosidade nas liras de Dirceu. Isso era próprio do erotismo dengoso e do açucarado bucolismo, aos quais se apegava o poeta, conforme o gosto da época, Ademais, Gonzaga era português: o sangue que lhe corria nas veias impulsava-o para a obsessão erotomoníaca, que em temperamentos poéticos, como o seu, inclina ao erotismo e à estesia convencionais. Os Portugueses sempre tiveram fama de muito sentimentais e derretidos em amor. Em Espanha era proverbial o *melosidad y derretimiento* da brava gente lusitana. Quevedo, em *Los Sueños*, fez troça dos Portugueses, dizendo que destes não ficariam torresmos no fogo do inferno, porque, havendo lá mulheres, os Portugueses amorudos derreteriam completamente, não deixando como vestígios mais que uma simples nódoa no chão.,

O culto do "amor-adoração" não é uma invenção portuguesa, mas teve na obra de um português, a Diana de Jorge de Montemor, a sua expressão literária mais refinada e aclimou-se tão bem em Portugal como se fosse nascido ali., E é esse mesmo culto do "amor-adoração", dentro ainda de uma cenografia pastoril e mitológica, o que achamos na parte exterior e formal da *Marília de Dirceu*. Qual a porção de verdade biográfica, propriamente dita, que se pode extrair desse poema idílico, meio alegórico e meio realista? No poema e na desgraça do poeta havia sugestões bastantes para se imaginar uma bonita história de amor que acaba tristemente, com um epílogo pungente e dramático, muito ao gosto romântico.

Tomás Gonzaga derretia-se realmente de amor pela mineirinha ouro-pretana com quem ajustara casamento? Tudo faz crer que sim. Parece que andava mesmo de cabeça virada. E ela, como corresponderia a essa afeição? A resposta tem de ficar no terreno das conjeturas. Cabe entretanto indagar: podia uma adolescente, como Maria Dorotéia, amar um homem quarentão, como já era Gonzaga? O caso pode dar-se, mas não é normal. Mocidade pede mocidade. O mais provável é que Maria Dorotéia houvesse aceitado sem repugnância o noivado que se apresentava, depois de um namoro prolongado e que talvez já dava assunto à gente mexeriqueira. Ou a sua própria família o teria inculcado. Por que não? Pode-se admiti-lo, embora o Professor Tomás da Silva Brandão, na biografia apologética que escreveu da sua remota parenta Dorotéia[6] tenha asseverado — incomprovadamente — o contrário,

6) *Marília de Dirceu*. Tip. Guimarães, Belo Horizonte, 1932.

isto é, que a família da moça não fazia gosto no casamento, porque Gonzaga era muito mais velho que ela e ademais não poderia fixar residência em Vila Rica, visto serem os magistrados amovíveis trienalmente.

O desembargador Tomás Gonzaga era em Ouro Preto, pela sua posição social, o cavalheiro mais digno de pretender a mão daquela menina afidalgada, pertencente à família mais qualificada e de maior prosápia da capital das Minas Gerais. Embora não fosse rico, era um alto magistrado, poeta de talento, homem de boas maneiras e de hábitos elegantes e galantes, e de mais a mais dono de uma grande sedução pessoal, se a tradição não mente.

Seria para Maria Dorotéia um casamento de conveniência, como o era em regra para as moças do tempo, que aceitavam passivamente os maridos escolhidos pelos pais. Gonzaga, esse, casaria sem dúvida por amor, mas também e principalmente para realizar o seu ideal doméstico de criar uma família e envelhecer no remanso do lar, como gato de borralho. Fariam os dois, enfim, um casamento tipicamente burguês, no qual a realização do anelo amoroso é motivo de segunda ordem e mesmo desnecessário.

A prisão de Gonzaga, dias antes do fixado para o seu matrimônio, truncou abruptamente um projeto de felicidade prestes a realizar-se. Foi grande a mágoa de Maria Dorotéia? Teria ela continuado a pensar no noivo comprometido no processo de inconfidência?

Não se sabe. Escreveu-lhe acaso? Uma vez, ao que parece. É entretanto provável que o nome de Gonzaga fosse logo afastado dos pensamentos da moça, por influência dos seus parentes, pessoas de consideração, fiéis ao governo, as quais muito naturalmente procurariam esquecer as relações que haviam mantido com um homem acusado de crime contra o Estado.

O certo é que, na véspera de seu terceiro ano de prisão, o poeta inconfidente embarcou com destino ao exílio na África. Esperava tornar a vê-la? Na suposta Parte III, lira 3, da Marília, há uma comovente passagem em que lhe manda o seu derradeiro, desesperançado adeus:

> Leu-se-me enfim a sentença
> pela desgraça firmada;
> adeus, Marília adorada,
> vil desterro vou sofrer.
> Ausente de ti, Marília,
> que farei? irei morrer.

O Professor M. Rodrigues Lapa, na sua excelente edição literária de *Marília de Dirceu e mais poesias de Gonzaga* (Livraria Sá da Costa, Lisboa, 1937), pede que se compare essa lira com o n.º 9 da autêntica Parte III. Nesta lira, talvez a última composta em terra do Brasil, o poeta expressa a esperança de tornar a ver a Dircéia adorada, embora ela não tivesse assistido à sua partida para o degredo, nem lhe houvesse mandado, que se saiba, nenhuma palavra de despedida. Diz, nas últimas estrofes, cheias de suspiros, mas nada desesperadas:

Parto, enfim, Dircéia bela,
rasgando os ares cinzentos;
virão nas asas dos ventos
buscar-te os suspiros meus.
    Ah! não posso, não, não posso
    dizer-te, meu bem, adeus!

Talvez, Dircéia adorada,
que os duros fados me neguem
a glória de que eles cheguem
aos ternos ouvidos teus.
    Ah! não posso, não, não posso
    dizer-te, meu bem, adeus!

Mas se ditosos chegaram
pois os solto a teu respeito,
dá-lhes abrigo no peito,
junta-os e'os suspiros teus,
    Ah! não posso, não, não posso
    dizer-te, meu bem, adeus!

E quando tornar a ver-te,
ajuntando rosto a rosto,
entre os que dermos de gosto,
restitui-me então os meus.
    Ah! não posso, não, não posso
    dizer-te, meu bem, adeus!

Nota Rodrigues Lapa, com razão, que a esperança vertida nessas estrofes "corresponde aliás ao robusto otimismo mostrado por Gonzaga na prisão".

Pode-se admitir, entretanto, que os versos desesperançados da 3ª Parte suposta exprimiriam melhor o doloroso estado de alma do poeta ao chegar ao exílio, se não estivessem em contradição com o que se sabe de sua vida:

Não são as honras que perco,
quem motiva a minha dor;
mas sim ver que o meu amor
este fim havia ter.
    Ausente de ti, Marília,
    que farei? Irei morrer.

O poeta não morreu, mas ia perdendo a razão, ou chegou mesmo a perdê-la, segundo a história tocante que se formou em torno dos seus amores e da sua desventura. De acordo com essa história, Gonzaga teria vivido alguns anos no desterro africano, mergulhado em morna tristeza, enfermo e meio louco, só amparado na sua desventura por um colono de bom coração, o comerciante lusitano Alexandre Roberto Mascarenhas, que o acolheu compassivamente no recesso de seu lar, até que a morte levou o poeta.

Morrer? Quem falou em morrer? Viver, casar, trabalhar, padecer... Casar, sim, enquanto não era tarde para fazer essa experiência. Gonzaga aproximava-se da cinquentinha cinquentenae não queria dilatar por mais tempo o seu prolongado celibato. E assim foi que no ano seguinte ao do seu desterro contraiu núpcias com dona Juliana de Sousa Mascarenhas, filha de Alexandre, o amigo rico que ali fizera. A moça tinha dezenove anos e o poeta já andava pelos quarenta e nove.

O conjurado Rezende Costa testificou que dona Juliana, bastante rica quando casou, reduziu depois Gonzaga à maior pobreza, em razão dos desmandos e prodigalidades que ela cometia, e fora essa talvez a causa de ter o poeta sofrido de alguma alienação do espírito nos últimos anos de vida.

Mas o que temos agora como certo, segundo as informações trazidas a lume pelo Professor M. Rodrigues Lapa, é que o poeta não perdeu o juízo; ao invés disso, "deitou muito boas contas à sua vida", apenas chegado ao exílio. Um ano depois estava prosaicamente casado com Juliana, jovem, rica e sem letras — perfeito ideal doméstico. Advogou, tratou com bom tino os negócios do casal, teve uma herdeira que Juliana lhe deu e, com os rendimentos provindos da advocacia, acrescentados aos vultosos bens de sua mulher, tornou-se uma das principais pessoas de Moçambique. Num documento coletivo de janeiro de 1800, é intitulado uma "das principais pessoas" daquela cidade, onde exerceu, primeiro, a função de Procurador da Coroa e, depois, a de Juiz da Alfândega, elevado cargo que desempenhou até sua morte, que teria ocorrido, segundo admite oc ilustre gonzaguista acima citado, em princípios do ano de 1810, talvez em fevereiro.

Posta de lado a história da pobreza e da alienação mental, contada por Rezende Costa, quase nos aventuraríamos a dizer que Gonzaga realizou no exílio o seu ideal familiar e burguês: casou, teve descendência, engordou na abastança e morreu rico e bem conceituado.

E Marília? Que lembrança guardou do apaixonado Dirceu? Marília, perdão, dona Maria Dorotéia Joaquina de Seixas sobreviveu sessenta e três anos à derrocada dos projetos de matrimônio de Gonzaga. Morreu solteira, embora não se possa afiançar que se votasse voluntariamente ao celibato com a intenção de ser fiel à memória daquele que fora seu noivo na mocidade.

A maledicência não a poupou. Em Vila Rica, parece, corriam rumores desairosos contra a sua honra de mulher solteira. Richard F. Burton, o viajante inglês, recolheu em Ouro Preto um diz-que-diz malicioso contra a honorabilidade de Maria Dorotéia. Mentiroso?Verdadeiro? Quem poderá jamais sabê-lo ao certo? Referia Burton, por ouvir dizer, que a celebrada noiva de Gonzaga, com toda a sua prosápia de aristocrata, tivera "três filhos louros, de olhos azuis, oriundos do concubinato com um certo doutor Queiroga, ouvidor de Ouro Preto".

Saindo em desagravo da memória de Maria Dorotéia, escreveu o professor mineiro Tomás da Silva Brandão a obra *Marília de Dirceu*, acima citada, na qual buscou recompor a verdade dos fatos e restaurar, ao menos em parte, o lustre do brasão dos Brandões, Silvas, Ávilas e Ferrões, famílias aparentadas, às quais se ligava a noiva de Gonzaga. Os três filhos louros e de olhos azuis, asseverou o Professor Silva Brandão, não eram de Dorotéia e sim de sua irmã Emerenciana, moça de costumes folgados, também solteira. Ficou satisfatoriamente esclarecido o caso? Aparentemente, sim, se se der um crédito de confiança à primeira das duas irmãs[7].

De qualquer maneira, não agrada a muitos que a gentil Marília tenha vivido tanto, finando-se em idade provecta. Oitenta e seis anos parecem demasiados, quase escandalosos, para uma heroína de romance pastoril.

Mas devemos censurar duas criaturas tão simpáticas, como foram Maria Dorotéia e Tomás Gonzaga, por haverem sobrevivido a si próprias?

7) Parece que era público e notório em Ouro Preto que Marília tinha sido mãe e avó. Esta ideia horroriza certamente os veneradores da memória da noiva de Gonzaga, os quais só a concebem virgem e pura, fiel à lembrança do namorado poeta, como uma espécie de santa da legenda dourada da Conjuração Mineira. Entretanto, em que é que pode espantar que uma moça de alta prosápia ouro-pretana, como era D. Maria Dorotéia, tivesse amores e fosse mãe solteira? Muitas princesas reais o foram, e muitas sinhazinhas de famílias emproadas.

Além do que escreveram Burton, Lopes de Mendonça e Olavo Bilac, dá o que pensar o que se acha nas Antiqualhas e memórias do Rio de Janeiro, pelo Dr. Vieira Fazenda, in "Revista do Instituto Histórico e Geográfico Brasileiro", tomo 95, volume 149 (1º de 1924), p. 638:

"Quem pôs por terra a pretendida fidelidade de Marília foi o Jornal do Comércio. Em verdade, na edição de 18 de janeiro de 1893 lê-se o seguinte telegrama:

— Ouro Preto, 17 de janeiro. Faleceu o major Pedro Queiroga, neto de Marília de Dirceu, vítima de lesão cardíaca. Era oficial maior aposentado na Secretaria do Interior, dotado de inteligência e por todos respeitado."

Neto adotivo? Bem podia ser. Mas nesse caso o correspondente devia ter acrescentado essa particularidade.

NOTA DE 1966. — Lê-se no Diário de viagem do Imperador a Minas, 1881, publicado no Anuário do Museu Imperial, Vol. XVIII, 1957, dado a lume em princípios deste ano:

"19 de abril... Segui até o chafariz da Ponte para ver a neta de Maria de Dirceu (sic), mulher de Carlos de Andrade, que fica perto. Apareceu à janela. É elegante e graciosa, porém não é beleza, tem ares de inteligente."

Já tínhamos notícia de um neto da namorada de Gonzaga, o major Pedro Queiroga, conforme a informação de Vieira Fazenda. Agora apareceu uma neta. Mas os devotos do mito de Marília virgem e pura, não se darão por convencidos. Aceitarão de boa mente os argumentos artificiosos de Tomás Brandão.

A IMAGEM ROMÂNTICA DE DIRCEU

Desde que se evadiu de sua presença temporal e passou a viver como mito, única forma, talvez, que a História pode captar, Gonzaga tornou-se uma figura muito mais brasileira que lusitana.

No capítulo especial da história da literatura portuguesa que, desde o *Bosquejo* de Garret, se destina habitualmente aos poetas setecentistas de Minas, ocupa o melhor lugar o cantor de *Marília de Dirceu*. Não é grande o lugar que ocupa no quadro geral das letras lusas do século dezoito, mas não há também em todo esse século muitos poetas que lhe façam sombra. Excetuado Bocage, que tinha gênio, e também Filinto, talvez Garção, ou Quita, todos os mais eram poetas menores.

Em Portugal foi diversamente apreciado pela crítica. Para o álgido academismo dos irmãos Castilhos, as liras de Gonzaga não passavam de versinhos, "vazios, chocalhantes versos", como dizia um dos dois, José Feliciano, com desdenhoso rigor de *magister*. Para o malévolo Camilo, "eram um ramilhete seco de frivolidades". Já o Garrett, em razão provavelmente de seu mais pronunciado gosto romântico, reconhecia a "perfeita e incomparável beleza" de algumas liras. E diz-se que João de Deus, em quem influiu a arte singela de Gonzaga, tinha a *Marília* como livro de cabeceira.

Mas era livro para agradar principalmente ao grande público ledor de poesia. Foi por isso, durante muito tempo, um dos mais populares da língua portuguesa. Desde a edição original da primeira parte da *Marília* aparecida em Lisboa no mesmo ano da condenação do poeta ao desterro, até às duas mais recentes, a da Companhia Editora Nacional, 1942 (*Obras Completas,* abrangendo também as *Cartas Chilenas*, atribuídas sem provas satisfatórias a Gonzaga) e a da Livraria Martins, 1944, com Introdução de Afonso Arinos de Melo Franco — conhecem-se quarenta e sete edições em português, das quais treze ou catorze brasileiras.

Exceção feita de Camões — nota o Inocêncio no seu *Dicionário Bibliográfico Português* — nenhum outro alcançou no século passado as honras de tamanha popularidade.

Mas é, sobretudo, uma glória brasileira, dizem os nossos historiadores literários. Gonzaga pertence-nos pela maior parte. Como personalidade revelada pela história é uma criação nossa. A sua imagem legendária formou-se principalmente aqui, na consciência das nossas gerações românticas, junto com a das grandes figuras nacionais. Projeta-se, com esse perfil, não só na história de nossa formação literária, mas também na história da construção da pátria.

Gonzaga é nosso, gostamos de dizer. Aqui viveu alguns dos melhores anos de sua existência e conheceu o seu maior amor. Assim o cremos, pelo menos. Aqui cantou suas venturas e amarguras e viu aqui desfeitos brutalmente os seus sonhos de felicidade tranquila e doméstica.

Se na realidade foi um poeta fiel aos voluptuosos artifícios da Arcádia, com suas ficções pastoris e o ferro-velho do maravilhoso pagão, encontram-se já nas suas liras certas novidades de sentimento e expressão, que permitem situá-lo como um pré-romântico na história das letras: realismo, com o senso do contraste entre as alegrias e tristezas da vida, *humour* ou ironia para consigo mesmo, concepção burguesa da existência, sentimento da paisagem[8]. A este propósito disse muito bem o Professor M. Rodrigues Lapa, no valioso Prefácio da sua edição crítica das poesias de Gonzaga:

"Um amor sincero, na idade em que o homem sente fugir-lhe o ardor da mocidade, e uma prisão injusta e brutal — foram estas duas experiências que fizeram desferir à lira de Dirceu acentos novos. Estamos ainda convencidos de que o clima americano, mais arejado e mais forte, contribuiu poderosamente para a revelação desse estilo, em que se sentem já nitidamente os primeiros rebates do romantismo e a impressão iniludível das ideias do tempo."

Tudo é romântico na legenda de sua vida: seu dandismo de juiz e poeta galantea-dor; a austeridade de sua conduta; seu idílio de quarentão com a sinhazinha mais formosa de Ouro Preto[9]; o triste epílogo de um enredo de amor que pedia o mais róseo *happy end*; seu vil desterro na África e subsequente loucura e, enfim, a graça e a naturalidade do seu lirismo agridoce, choroso e sentimental, grato ao coração do povo.

Totalmente romântico é o retrato feito por Mafra, a que aludimos antes. *Da verdade histórica* desse retrato, repetimos, ria-se o viajante inglês Burton, por achar que não conferia de modo algum o retrato. Impertinência de *realista*, dirão muitos. A verdade é que, como não ficou nenhum retrato autêntico do Poeta, nem pintado, nem gravado, nem escrito, é permitido negar a fidelidade do quadro de Mafra. O mais que se pode contravir é que ele se ajusta à imagem *total* de Gonzaga, tal como a elaborou, romanticamente, a memória das gerações.

O *realismo* de um Burton é análogo ao dos historiadores que negam a participação de Gonzaga na Conjuração de Vila Rica. Pois se nem houve propriamente Conjuração! É a opinião de um Veríssimo, de um Capistrano, assim como a de muitos outros que acham que o fim do historiador é averiguar como se passaram verdadeiramente as coisas, esquecidos de que a verdade entra tão diluída nestas matérias, que afinal não é possível distingui-la da mentira.

Na opinião de José Veríssimo, exarada no prólogo de sua edição da *Marília de Dirceu*, a Conjuração mineira é "*uma das balelas da história, e certamente a maior*

8) Não era só em Gonzaga, valha a verdade. No neoclassicismo dos árcades tem-se notado o despertar do lirismo pessoal e o gosto nascente pela realidade e o natural. Veja-se, por exemplo, o que Hernâni Cidade, em suas preciosas *Lições de Cultura e Literatura Portuguesa*, observa nas poesias de A. Diniz da Cruz e Silva.

9) Assim o pretendem alguns escritores ao pintarem de imaginação a figura legendária de Marília. Era bela, na realidade? Não se pode saber. Loura, ou morena? Mais provavelmente, morena. O Dr. Vieira Fazenda, num artigo intitulado "Bigodes", das suas Antiqualhas e memórias do Rio de Janeiro (in "Revista do Instituto Histórico e Geográfico do Rio de Janeiro", tomo 93, vol. 147, 1923, p. 551), referiu-se ao pequeno buço que tanta graça dá às morenas brasileiras, e adiantou o seguinte:

"*Foi o bigodinho de Marília de Dirceu que segundo é fama prendeu o coração do lírico Gonzaga. A prima daquela, a poetisa d. Beatriz, também tinha bigode.*"

da nossa, onde só um preconceito patriótico a faz viver". E nada, ao ver do austero crítico, nem nos antecedentes, nem no comportamento, nem na índole ou caráter de Gonzaga, e menos ainda nos autos do processo de inconfidência, autoriza a crer houvesse ele participado nos vagos e incertos conciliábulos emancipacionistas que se vieram a denominar Conjuração Mineira. A maldade dos homens, o zelo perverso das autoridades, e acima de tudo a tagarelice leviana e desatada de sua principal vítima, transformaram em crime de lesa-majestade as conversações imprudentes de uns inofensivos habitantes da Capitania de Minas.

Houve, é certo, alguma coisa que se poderia denominar uma conspiração larvar: meras cogitações liberais dos poetas, padres, doutores e militares que se viram comprometidos na devassa de inconfidência. Nem armas, nem povo. As cogitações não haviam penetrado na população da Capitania, que vivia descontente, em razão do mal-estar econômico, mas sem pensamento de revolta nem sonhos de república. Nada teria sucedido se o que andava ainda no ar não se houvesse comunicado, para carregar-se de eletricidade positiva, à mente inflamável do Tiradentes, típica figura do Vingador, imagem popular do indivíduo impulsivo e generoso que está sempre pronto a restabelecer a justiça por seu próprio arbítrio e recorrer à ação direta para mudar situações.

Como quer que se conte a história da Conjuração, é forçoso admitir que foi mínimo o papel de Gonzaga, se é que por alguma forma participou no movimento. Levíssimos indícios de culpa, enormemente agravados pelas acusações maldosas dos inimigos que contraíra, foram entretanto suficientes para perdê-lo.

Outros *realistas* negam a *historicidade* dos suspiros de Gonzaga pela adolescente Maria Dorotéia. Quando o ouvidor poeta foi despachado para o Brasil — dizem maliciosos escabichadores de minúcias já trazia as primeiras Liras entre os seus escritos literários. Não foi pois a jovem ouro-pretana a musa inspiradora de Dirceu — acrescentam —, mas uma portuguesinha, que no ultramar fora a autêntica Marília. Outros, ainda, recordam que Gonzaga tinha mau nome como juiz. Citam a opinião do Secretário de Estado Martinho de Melo e Castro, que o conhecera e, em suas instruções ao Visconde de Barbacena, o apontava como magistrado venal, interessado mais nos emolumentos que na rigorosa e imparcial distribuição da justiça.

Impertinência de mitófagos? Seja como seja, não altera o caso. Perdurará a imagem romântica de Gonzaga: poeta desventurado, abrutadamente encarcerado pelas autoridades duma rainha semilouca, quando bordava a fio de ouro — noivo enamoradíssimo — o vestidonupcial da que ia ser sua esposa. Perdurará, tal como tem sido estilizada, pela intuição vivificante dos historiadores poetas.

Não sou romântico, nem estou com os que confundem os gêneros, misturando História com Poesia e Lenda. Inclino-me à opinião daqueles que, antes de nada, ambicionam conhecer os fatos tais quais foram, ou como exatamente se teriam passado. Fascina-me, mas não me conquista, a ideia spengleriana de que a História só perpetua mitos e corre o risco de se converter em uma mera física da vida pública sempre que aspire a ser tratada cientificamente, ao invés de poeticamente, como querem muitos[10].

10) "Même lorsqu'un grand écrivain, romancier, dramaturge ou poete, s'est emparé d'une figure historique et l'amarquée de l'empreinte de songénie créateur, même si cettecréation est admirable, émouvante, grandiose, vraíe d'une certaine humanité idéale, 1a vérité historique, si humblesoit-elle, demeure précieuse en soi et toujours désirable, parce qu'elle est de l'humanitéréelle." (H.-I. Marrou, *De la connaissance historique, Paris*, 1954, p. 233).

APÊNDICE

TRASLADO DOS AUTOS DE SEQUESTRO DE BENS, FEITO AO DESEMBARGADOR THOMAZ ANTÔNIO GONZAGA

Anno do nascimento de Nosso Senhor Jesus Christo de mil setecentos oitenta e nove annos, aos vinte e três dias do mês de Maio do dito anno, nesta Villa Rica de Nossa Senhora do Pillar do Ouro Preto, em casas de morada do doutor desembargador Thomaz Antônio Gonzaga, onde veiu o doutor desembargador e ouvidor geral actual desta Comarca, Pedro Pereira, digo, Pedro José de Araújo Saldanha, com o doutor José Caetano Cesar Manitti, ouvidor geral e corregedor actual da comarca e Villa de Sabará, commigotabellião, ao diante nomeado e assignado, e o escrivão da ouvidoria desta mesma Villa, José Veríssimo da Fonseca, para o efeito de se fazer o inventario, digo, de se fazer a apreensão e sequestro em todos os bens que forem achados, pertencentes ao dito desembargador Gonzaga, por ordem que tiveram, elles ditos ministros acima declarados, do Illustrissimo e Excellentissimo Visconde de Barbacena, governador e capitão general desta capitania; e entrando averiguação dos bens são os seguintes, digo, são os aqui escriptos; e para constar mandaram, elles ditos ministros, fazer este auto, em que, no fim do sequestro, se assignam. E eu Antônio Francisco de Carvalho, tabelião, que o escrevi. — *Item* seis garfos e seis colheres de prata novas; *Item* uma faca de matto, com guarnições de prata e o cabo preto; *Item* um dedal de ouro; *Item* uma presilha de chapéo, de pingos d'água engastados em prata; *Item* cento e cincoenta e nove oitavas de prata velha; *Item* uma fivella de prata, de cinto, que servia na béca; *Item* um jarro e bacia de prata; *Item* duas salvas de prata, uma maior e outra mais pequena; *Item* uma cafeteira de prata, com cabo preto; *Item* um bule de prata, com cabo preto; *Item* uma leiteira de prata; *Item* dois castiçais de casquinha de prata, já usados; *Item* um assucareiro de prata com tampa; *Item* quatro colheirinhas com sua escumadeira de chá, tudo de prata e tudo fazem cinco peças; *Item* oito colheres maiores, de prata; *Item* uma colher grande, de sopa, também de prata; *Item* dez facas e oito garfos de ferro, com cabos de casquinha; *Item* um relogio de pexisbeque, ou ouro, com seu esmalte nas costas e sua corrente; *Item* uma pedra cravada de ouro bruta; *Item*salvinha pequena de prata com a beira lavrada e uma barrinha de prata junto com a mesma, que tudo se acha embrulhado em um papel com sobrescripto por fóra, que diz — Senhor Feliciano José Neves Gonzaga, Rio de Janeiro; *Item* um papel com quarenta e seis oitavas de crysolithas brutas; *Item* outro papel com quinze com, digo, quinze oitavas de crysolithas brutas, e tem outro papel com nove topazios, digo, papel com onze oitavasde crysolithas brutas; *Item* um papel com nove topazios brutos, uma água marinha pequena c outras pedras brancas de pouco, ou nenhum valor; *Item* um de prata todo aberto em grade; *Item* outro espadim de prata dourada, francês; *Item* uma bengala com castao de ouro lavrado = Cobres = *Item* um caldeirão grande de cobre; *Item* uma cafeteira de cobre; *Item* uma chocolateira de cobre; *Item* um taxinho de cobre, pequeno; *Item* uma imagem do Senhor Cruxificado de marfim; = Latão *Item* um candieiro de latão, usado; *Item* uma bacia de arame, de cama; *Item*, digo, de cama = Roupa *Item* um colchão de riscado azul, e um colchão do mesmo; *Item* dois lenções finos e um delles com babados de cassa lavrada, com travesseiro e fronha do mesmo; *Item* uma colcha de damasco carmezim, usada; *Item* quatro punhos para camisa de cambraia, bordados, novos em folha; *Item* uma caldeirinha de prata com sua corrente nova, que estava dentro do bahú da roupa; *Item* uma toalha de mesa adamascada, usada; *Item* uma dita de algodão, nova, grande, com barras azues; *Item* uma duzia de guardanapos da mesma; *Item* mais quatro guardanapos da mesma; *Item* mais outra toalha, também grande, adamascada; *Item* outra dita grande adamascada, quasi nova; *Item* mais outra grande de algodão fino lavrada com listas encarnadas; *Item* onze guardanapos pertencentes a dita; *Item* oito guardanapos adamascados, de varios feitios; *Item* quatro ditos de Guimarães; *Item* duas toalhas de mãos, de Guimarães; *Item* outra dita; *Item* uma toalha de mãos, de bretanha lisa; *Item* tres vestias de chita e uma de belbute, que fazem quatro; *Item* tres toalhas de mãos finas, com seus babados; *Item* uns calções brancos de chita; *Item* cinco penteadores lisos de bretanha; *Item*tres ditos com babados; *Item* oito pares de ceroulas de bretanha; *Item* sete camisas finas com punhos bordados; *Item* doze camisas com babados lisos; *Item*treslençóes de algodão da India, mais um dito; *Item* seis lençóes de betanha lisos; *Item* dois ditos finos com babados; *Item*tres fronhas de travesseiro, grossas de panno de linho, e tres ditas de almofadinha, e uma dita das pequenas; *Item* cinco ditas mais pequenas; *Item* tres ditas grandes com babados; *Item*tres pares de meias de seda, digo tres ditas pequenas com babados; *Item* dous pares de meias de seda brancas, usadas; *Item* quatro vestias brancas e tres de chita; *Item* um calção de chita; *Item* seis pescocinhos de cambraia; *Item* quatro pares de luvas de algodão, finas; *Item* duas camisas de bretanha lisas; *Item*tres guardanapos de Guimarães; *Item* uma fronha pequena; *Item* um lenço branco fino; *Item* cinco pares de meias de linho; *Item* um pescocinho de cambraia; *Item* uma tenaz de prata para assucar de pedra; *Item* um par de fivellas de prata para sapatos; *Item* um jogo de fivellas de pechisbeque, de sapatos e calção; *Item* um jogo de ditas de sapatos e calção, de pedras brancas = Roupa de côr = *Item* uma béca inteira de setim com bandas bordadas; *Item* uma dita de lila preta; *Item* um vestido de casaca, vestia e calção de seda amarello-tostado; *Item* outro dito da mesma côr e fazenda, a vestia bordada 'e a casaca caseada de prata; *Item* outra casaca e calção de seda cór de bicho da couve, com vestia de setim branco bordada; *Item* vestia, casaca e calção de seda côr de flôr de pecegueiro, vestia bordada de prata; *Item* um dito de pannocôr de vinho caseado de ouro; *Item* um vestido de brilhante, casaca e calção; *Item* um dito de belbute lavrado, casaca e vestia; *Item* um fraque de chita roxa; *Item* um dito côr de camurça com ramos roxos; *Item* um vestido inteiro de seda preta; *Item* uma vestia e dois calções de setim preto; *Item* um fraque e vestia de droguete verde periquito; *Item* um fraque de panno verde, com vestia desetim preto, digo, setim verde; *Item* um fraque de camelão roxo; *Item* um dito de baetãocôr de rosa; *Item* um dito com sua vestia de baetãocôr de vinho; *Item* um dito de droguete azul, já usado; *Item*tres vestias de seda branca bordadas de ouro e cores; *Item*uma vestia de brilhante; *Item* um calção de duraque preto; *Item* dito de panno encarnado; *Item* um collete de baeta branca; *Item* uma bolça de cabello; *Item* uma gravata preta de seda; *Item* uma colcha de damasco carmezim com ramos brancos e forrada de chita; *Item* duas mesas de jacarandá com suas gavetas; *Item* quarenta e tres livros de folha de varios autores, franceses, portugueses e latinos; *Item* sete ditos de meia folha, da mesma qualidade; *Item* quarenta e tres de quarto, dos mesmos; *Item* um cavallo castanho, que diz se acha em São Bartholomeu. Estes foram todos os bens que se acharam em casa do dito desembargador Thomaz Antônio Gonzaga, aonde os ditos ministros ao principio e no auto declarados deferiram o juramento dos Santos Evangelhos a Manuel José da Costa Mourão, que nas ditas casas se achava, em que poz sua mão direita, sob cargo do que lhe encarregou que, como elle dito Mourão morava e assistia nas ditas casas, em que também morava o dito desembargador Gonzaga, declarasse se sabia de mais bens de qualquer qualidade que fosse e pertencessem ao dito ministro sequestrado o declarasse; e recebido por elle o juramento, declarou que os bens pertencentes ao dito ministro sequestrado eram unicamente os que se achavam inventariados, e que não tinha notícia de mais algum, e que protestava declarál-o perante elle ministro; e dos ditos bens, que aqui descriptos no presente sequestro, ficou elle dito Mourão por depositario dos mesmos, e delles se deu por entregue e se sujeitou às leis de fiel depositario, a quem eu tabellião, por mandado dos mesmos ministros, notifiquei para que dos ditos bens sequestrados não dispuzesse sem especial ordem delles ministro, pelo que tiveram do Illustrissimo e Excellentissimo Senhor General. E de tudo, para constar, me mandaram elles ditos ministros fazer este termo de encerramento, em que nelle assignarão com o dito depositario e commigotabellião e dito escrivão da ouvidoria. E eu Antônio Francisco de Carvalho, tabellião que o escrevi e assignei = Saldanha = Manitti = Antônio Francisco de Carvalho = Manuel José da Costa Mourão = José Veríssimo da Fonseca. — E logo no mesmo dia, mês e anno, no auto de sequestro retro declarado e na ocasião em que o mesmo foi feito se achou do dito sequestrado, o doutor desembargador Thomaz Antônio Gonzaga, sessenta mil réis em dinheiro de prata, a qual quantia foi entregue ao mesmo pelos ditos ministros, o doutor desembargador José Pedro de Araujo

Saldanha e o doutor José Caetano Cesar Manitti, ouvidor da comarca de Sabará, para despesa de sua viagem a que foi preso no dia de hoje, pelo assim determinar o Illustrissimo e Excellentissimo Senhor Visconde de Barbacena, governador e capitão general desta capitania. E, para assim constar, mandaram os ditos ministros fazer esta declaração, na qual assignárão, e o escrivão da ouvidoria. E eu Antônio Francisco de Carvalho, tabelião que a escrevi e assignei. Saldanha = Manitti = Antônio Francisco de Carvalho = José Verissimo da Fonseca — Anno do Nascimento de Nosso Senhor Jesus Cristo, de mil setecentos e oitenta e nove annos, aos vinte e tres dias do mês de Maio do dito anno, nesta Villa Rica de Nossa Senhora do Pillar do Ouro Preto, em casas de morada do doutor desembargador Thomaz Antônio Gonzaga, donde vieram os sobreditos doutor desembargador Pedro José de Araujo Saldanha, ouvidor geral desta comarca com o escrivão do seu cargo, José Veríssimo da Fonseca, e o doutor José Caetano CesarManitti, commigotabellião ao diante nomeado, e sendo ahi, em cumprimento de uma ordem do Illustrissimo e Excellentissimo Senhor Visconde de Barbacena, Governador e capitão general desta capitania, datada a vinte e um do corrente mês e anno, pelos ditos ministros se procedeu na appreensão de todos os pertencentes ao referido desembargador Gonzaga, digo desembargador Thomaz Antônio Gonzaga, sendo a tudo presentes os ditos escrivão da ouvidoria e eu tabelião, de que damos as nossas fés, os quaes papeis, assim apreendidos e achados em diversas gavetas, foram todos logo e no mesmo acto arrecadados e incluidos em um sacco de estopa, cosido e lacrado na bocca com dez pingos de lacre vermelho, todos firmados com o sinete de armas reaes, que neste mesmo acto foi apresentado pelo dito doutor desembargador e ouvidor desta comarca; e, de como assim se executou a referida diligencia e appreensão, me mandaram elles ministros fazer este auto, em que assignárãocommigoAntônio Francisco de Carvalho, tabellião, que o escrevi, e o dito escrivão da ouvidoria. Declaro que o dito sacco, assim cosido e lacrado, ficou em poder delle ministro, doutor desembargador Pedro José de Araujo Saldanha, té segunda ordem do dito Excellentissimo general; eu, o sobredito tabellião, o declarei. Saldanha = Manitti = Antônio Francisco de Carvalho José Veríssimo da Fonseca. E logo no mesmo dia e mês e anno retro declarado, e no mesmo acto na presença dos referidos ministros e de mim tabellião e dito escrivão da ouvidoria, sendo vistos e examinados os bahús aonde se achavam as roupas do dito desembargador Thomaz Antônio Gonzaga, foram achados mais papeis, que todos foram do mesmo modo appreendidos e metidos em outro sacco, tambem cosido e lacrado, tudo na fórma do primeiro, o qual fica também em poder do dito ministro desembargador Pedro José de Araujo Saldanha té decisão do mesmo Illustrissimo e Excellentissimo Senhor Visconde de Barbacena, governador e capitão general desta capitania; e, para do referido constar, lavro o presente termo, em que nelle assignam os ditos ministros commigotabellião e o escrivão da ouvidoria: E eu Antônio Francisco de Carvalho, tabellião que o escrevi e assignei = Saldanha = Manitti = Antônio Francisco de Carvalho = José Veríssimo da Fonseca. E nada mais continha o sequestro feito ao sequestrado doutor desembargador Thomaz Antônio Gonzaga, e o termo que se fez dos papeis que em sua casa se achavam, com cujo teor eu escrivão, ao diante nomeado e assignado, bem e fielmente o fiz passar o presente traslado do proprio sequestro feito e termo que tudo em meu poder e cartorio se achava, ao qual me reporto, e este conferi, subscrevi e assignei com outro official de justiça commigo aqui assignado por ordem vocal do doutor desembargador, ouvidor geral e corregedor actual desta Villa e comarca, Pedro José de Araujo Saldanha, por me dizer que assim lh'O havia determinado o Illustrissimo e Excellentissimo Senhor Visconde de Barbacena, governador e capitão general desta capitania, nesta Villa Rica de Nossa Senhora do Pillar do Ouro Preto, aos dezoito dias do mês de Agosto de mil setecentos e oitenta e nove annos: E eu Francisco Xavier da Fonseca, escrivãoda ouvidoria o subscrevi, assignei e conferi. = Francisco Xavier da Fonseca = Conferido commigoinqueridor Manuel Thomé de Sousa Coutinho.

OUTROS TEMAS MINEIROS

OURO PRETO E SEUS FANTASMAS

Nas velhas cidades mineiras, quanta gente não crê ainda em aparições de almas penadas? Quantos não receiam os lugares que têm fama de mal-assombrados? Quantos não creem que em uma série de sete irmãos varões o sétimo vira lobisomem nas noites de quinta para sexta-feira, e que toda amásia de padre, depois de morta, penará como mula-sem-cabeça, saindo desesperada em correrias noturnas pelos matos, para cumprir o fado, sem cessar, até que por felicidade encontre uma cruz de ramos bentos que a desencante? Muita gente crê nessas abusões e em muitas outras, só por ouvir dizer. E há também quem creia porque "viu", ou, dá na mesma, "viu" por crer que via. É tão grande a fé de quem crê em seus próprios olhos! Quem crê em espíritos, trasgos, duendes, demônios e fantasmas, pode muito bem "encontrá-los" e "vê-los". Lutero "via" o Diabo, seu detestado inimigo, com o qual se empenhava em violentas discussões, e por sinal que certa vez, encolerizado, lhe atirou um tinteiro à cabeça chifruda. As alusões mais estapafúrdias têm quase sempre, na origem, uma explicação positiva: fundam-se em experiências, que a função fabuladora, própria da imaginação, transmuda mais tarde em formas míticas, em puros fantasmas. Até fins do século XVIII não havia iluminação pública nas vilas e na maioria das cidades brasileiras. Para se transitar de noite fora de casa era preciso levar uma lanterna. Vacas e cavalos, porcos, cabras e galinhas atravancavam ruas e praças, mal calçadas ou sem calçamento. O aspecto desses aglomerados humanos, à noite, era soturno e nada tranquilizador. Rocha Pombo referiu-se aos fantasmas nas cidades coloniais. Um dos abusos mais perigosos, que as autoridades procuravam coibir, — disse o historiador, — eram os tiros, no silêncio da noite, para espantar. Os salteadores, os vagabundos malfeitores que de noite se disfarçavam com capotes de capuz", quase sempre para fins ilícitos. Eram esses encapuzados sempre, "fantasmas" que assustavam a gente crédulo cidades coloniais.

O ambiente dos "cidades mortas" é o mais propício às crenças em aparições de penados e lugares mal-assombrados: o casario decrépito, viscoso, carcomido pelo tempo, tresandando a bafio; os muros leprosados, com os adobes à mostra, dessorados, porejando unidade, paraíso dos lagartixas; as ruas tortuosas, ermas, com recantos lôbregos, ecm ruína; velhos cemitérios com antigas sepulturas em que os mortos, parece, estão mais mortos e muito mais enterrados que em outros necrópoles; igrejas semi-cadavéricas, cheirando de longe a mofo, a incenso e círios queimados e que deixam a impressão de que lá dentro se reza um permanente requiem; raros transeuntes, que se esgueiram como sonâmbulos, rentes às paredes, pelos estreitos passeios; — tudo isso predispõe as almas a considerarem como natural a ocorrência do sobrenatural.

A primeira cidade velha que conheci, Santa Luzia (tinha eu nove ou dez anos), deixou-me uma impressão inapagável, que influiu durante muito nos meus sonhos de terror das coiusas mortas, Santa Luzia aparecia-me frequentemente nos sonhos, não como é, mas como uma cidade sepulcral, de sobradões altíssimos, muito brancos, lívidos como a cal. Não eram bem casas, mas espectros de casas; nem era uma cidade, mas um vasto campo santo. Tudo parado, silencioso, morto.

Conheci depois Sabará e, mais tarde, Caeté, Ouro Preto, Mariana, Congonhas. Eu era sensível, é certo, ao encanto poético e lendário dos velhos lugares. Os mortos já não me assustavam. A primeira impressão, porém, a da infância, operava ainda em meu espírito. Todo o pitoresco das paisagens e todo o seu lirismo histórico esmaeciam-se num primeiro plano de angústia, ruína, decomposição e morte.

Em Ouro Preto, quando estive lá pela primeira vez, faz muitos anos, saí sozinho uma tarde e me dirigi para os altos de São Francisco de Paula. Anoitecia e o silêncio tornava-se compacto. A cada canto de uma rua erma, entre velhas casas laceradas, pareciam habitar fantasmas ocultos. Dei razão ali ao que disse Ruskin: as pedras veem. As pedras centenárias nos espreitam com olhos sem pálpebras, olhos fitos nos que passam, fitos no tempo, fitos no espaço. Sentia-me espreitado. Eu caminhava junto aos muros arruinados, com um certo arrepio de temor irracional. Aquelas pedras me olhavam, sim. Parei diante dum muro em escombros: notei-lhe uns olhinhos piscos, vivíssimos. Eram de uma lagartixa.

Amigo turista, se você é moço e intrépido, suba a ladeira empinada que leva ao adro da igreja de São Francisco de Paula, lá em cima do morro, a cavaleiro da cidade. Não vá sozinho: leve a sua amada. Pare diante do cemitério contíguo, cujo portão traz a data de 1837. Se a noite for de luar, não há melhor "cor local" para a recitação de tétricas baladas românticas, como a Lenora de Buerger:

> *"Tens medo, minha amiga? A lua está clara... Hurra! os mortos vão depressa... Tens medo dos mortos? — Ah, deixa os mortos em paz!"*

E como não soariam bem, declamados das alturas da ponte do Xavier — logradouro sem igual para suicídios —, os lúgubres poetas ingleses da Noite e dos Túmulos?

Um amigo meu, ouro-pretano, contou-me a seguinte história. Dois estudantes, já bem alta a noite, dirigiam-se para a sua "república" no Caminho das Lajes. Iam sem pressa. A noite era clara. Na ponte do Xavier, um vulto escuro de homem, encostado ao balaústre, olhava para o abismo, lá embaixo onde corre o Tripuí. Em Ouro Preto todas as pessoas se conhecem. Os estudantes pararam perto do homem solitário e não o reconheceram.

"Este lugar", disse um dos estudantes, "é muito visitado por fantasmas". E contou que já tinha visto um, ali mesmo. Tinha-o visto bem, com os seus próprios olhos.

“Era parecido com um homem qualquer” explicou, “mas, quando me aproximei dele, dissipou-se no ar como uma leve neblina”. O outro estudante deu-lhe crédito e contou que também ele tinha experiência do assunto: “Uma noite”, disse, “quando eu passava, sozinho, por esta ponte, morto de sono e tiritando de frio, uma mulher toda de branco veio em sentido contrário e passou por mim, rindo alto." O estranho que estava encostado ao parapeito voltou-se então para os dois e fitou-os com um sorriso de zombaria. “O senhor não crê em fantasmas?”, perguntou-lhe um dos moços. “Claro que não”, respondeu. “Estejam certos, meus amigos, de que tudo não passa de tolices!” Dito isto, subverteu-se e desapareceu no ar.

— A anedota é velha, disse eu ao meu amigo.

— Possivelmente. Toda anedota o é. Mas pode passar como legítimo caso ouro-pretano de fantasmas. Por que não?

Perfeitamente. Os fantasmas não primam pela originalidade. São os mesmos em quase todas as partes. Mas os fantasmas que verdadeiramente povoam Ouro Preto não são os da crendice popular, Refiro-me aos fantasmas históricos: Antônio Dias, o Padre Faria, Albuquerque, Bobadela, heróis epônimos; o rude Conde de Assumar e o infeliz arrieiro Filipe dos Santos; a filha de Dona Branca ec o parricida Oliveira Leitão (que aliás nunca estiveram em Vila Rica, a não ser como fantasmas); o Fanfarrão Minésio, construtor da Casa da Câmara e Cadeia; o tímido Cláudio Manuel e o afoito Tiradentes; o rebuçado da Inconfidência (não identificado até hoje); o autor anônimo das *Cartas Chilenas* (mais anônimas do que nunca); o galante Gonzaga e a doce Marília; Barbacena, o delator Joaquim Silvério, o ouvidor Saldanha e o escrivão Cesar Manitti; o Padre Viegas ensinando o sirgueiro Barbosa a fundir tipos; o Aleijadinho, sob um toldo, a lavrar em pedra-sabão o frontispício da igreja de São Francisco de Assis, e centenas de outros.

Quem se espantaria se ao entrar na Rua do Ouvidor topasse o fantasma de Gonzaga saindo do n. 9 para entrar no n. 11, residência da tia de Marília? Ou, se ao transitar pela rua de trás de Antônio Dias, não tivesse a ilusão de ver o *Aleijadinho* saindo de casa montado nas costas de um escravo negro? Na Casa dos Contos funciona a repartição dos correios e telégrafos. Sabê-lo pode ser útil a quem tenha necessidade de postar uma carta ou expedir um telegrama. Mas o que interessa ao turista é a existência histórica daquele casarão do século XVIII, entre cujas paredes, grossas como as duma fortaleza, parece errar a sombra de Cláudio Manuel, o poeta suicida. A Casa dos Contos, na época, não era aquela, senão outra, como o demonstrou um escrupuloso pesquisador da história mineira. Mas a lenda, mais poderosa que a verdade histórica, fixou-a ali, e o fantasma de Cláudio não pode aparecer em outra parte.

Não faltava razão a quem dizia que Ouro Preto não tem habitantes, senão sobreviventes; *revenants*, espectros; visões do outro mundo e de outras épocas; sombras, fantasmas.

Tudo isso, talvez, não passa de literatura. Em boa verdade, Ouro Preto não é soturna, nem triste. A não ser na Semana Santa. A maioria dos turistas prefere visitá-la nessa época. Andam errados. Por que não a visitam em ocasiões normais, com vagar suficiente para se familiarizarem com os seus fantasmas históricos, queridos ou aborrecidos? Esses espectros do passado não causam sustos; e ninguém, na Cidade-Monumento, os toma muito a sério. A proverbial austeridade dos Ouro-pretanos nada tem de carrancuda. É gente que sabe rir-se e divertir-se. E a mocidade das escolas, ali, é tradicionalmente boêmia, espirituosa e folgazã.

1952.

A SOMBRA DOS TIRADENTES

Na historiografia do Tiradentes, o tom apologético ea inflação verbal, exatamente patrióticos, próprios para despertar emoções em adolescentes, tornaram quase temerário o ponto de vista dos que consideram o drama da Inconfidência Mineira com certo frio objetivismo. Não têm faltado, entretanto, vozes autorizadas que subestimam a importância histórica da conjura larvar de 1789 e reduzem a proporções modestas o papel do homem afoito que pagou com a vida por falar demais e deitou a perder poetas, padres, doutores e militares, pelo único crime de terem externado o seu inconformismo político.

Houve, na realidade, uma tentativa séria de levante? Foi o Tiradentes, verdadeiramente, o chefe dessa tentativa? É o que muitos contestam. A principiar de Joaquim Norberto de Sousa Silva, o ponderado autor da *História da Conjuração Mineira.*

Quando li a obra de Norberto pela primeira vez, restavam ainda certas prevenções contra ela, oriundas de extemporâneos melindres chauvinistas. E contra ele, como escritor. Norberto, um dos instituidores da história da literatura brasileira, investigador escrupuloso de fatos dessa mesma história, havia entrado, depois de sua morte, numa zona de relativo desfavor e esquecimento, da qual só agora começa a emergir. Muitos contribuíram para isso certos juízos ligeiros de Sílvio Romero e Veríssimo, que logo encontraram amplificado eco na *Pequena História da Literatura Brasileira* de Ronald de Carvalho, manual ainda hoje divulgado, mas há muito inservível.

Depois que pude conhecer os *Autos de Devassa da Inconfidência Mineira*, publicados pela Biblioteca Nacional, voltei a ler a *História da Conjuração Mineira* de Norberto Silva e convenci-me de que o historiador fluminense, ao inverso do que diziam alguns críticos apaixonados, realizara aquela obra com honesto e seguro critério. Achei-a excelente, de ponta a ponta, e inatacável em suas linhas gerais.

Norberto Silva, como não era para menos, lastimou a sorte infausta do pobre *Tiradentes*. Não o tratou, porém, como herói. Nem simpatizou com os propósitos que moviam os conjurados mineiros. Ao contrário, não os aprovava. A Conjuração, a seu ver, não passava duma ideia generosa quanto à intenção e mesquinha quanto à forma. Não negava a sublimidade do pensamento da independência nacional; mas o projeto de se instituir uma, duas ou, quando muito, três províncias (Minas, Rio de Janeiro e São Paulo) em república, desmembrando-as do resto do país, eis o que parecia condenável. Essa ideia feria o princípio da unidade nacional, realizada alguns anos depois pelo Império.

"Reacionário!" esbravejaram os nativistas lusófobos e os republicanos jacobinos. E logo contra quem? Norberto, um dos primeiros românticos brasileiros, era dos que se ufanavam exaltadamente de tudo o que era do país, como os patriotas da primeira geração da independência. Como crítico, notadamente dos poetas do *grupo de Minas,* foi censurado mais tarde por "sacrificar demais ao preconceito nacionalista" (opinião de Veríssimo) ou por se inspirar "em um patriotismo tolo, canhestro e desarrazoado" (opinião de Ronald de Carvalho). Agora, era o reacionário, anti-patriota.

Sílvio Romero foi injusto a vários respeitos com o velho confrade da geração anterior. Elogiou todavia a *História da Conjuração* e justificou-a por ter contribuído para "*reduzir as proporções assustadoras que vai tomando entre nós o mito* de Tiradentes", como se expressa na sua *História da Literatura Brasileira,* e diz a seguir:

"*Não contesto aos Brasileiros o direito de fantasiar heróis e encher de semideuses o céu de sua história; se lhes apraz criar uma mitologia política, criem-na como lhes bem aprouver. Estão no seu direito e, quanto a Tiradentes, nas páginas mesmas deste livro já tive ensejo de manifestar a minha simpatia. O que não posso tolerar é a pretensão estólida e brutalizante de se querer impedir os direitos da crítica. Ainda hoje não posso compreender os selvagens ataques de que foi vítima Norberto Silva por haver tocado de leve na figura de Tiradentes!*"

Tal como se debuxa nas páginas objetivas e bem documentadas da obra de Norberto, a figura do *Tiradentes* é simplesmente lamentável e inclina à piedade, antes que à admiração. E o historiador não fez mais, ao gizá-la, do que recolher e coordenar os depoimentos prestados no processo de inconfidência. Réus e testemunhas, todos fazem carga sobre o miliciano conspirador., Todos o desprezam. É o "homem de olhar espantado", declara Alvarenga. Seu colega de armas, Matias Sanches Brandão, diz tê-lo em pouca conta e o considera "rústico e atroado". O sargento-mor Pires Sardinha recomendava a toda gente que fugisse dele, porque era "doido e endemoninhado". Era "doido", "doido varrido", repetiam outros depoentes. Andava em Ouro Preto, declarou um deles, "por casa de meretrizes a prometer prêmios para o futuro, quando se formasse nesta terra uma república". Todos, à uma, o deixam mal.

Norberto Silva refere-se aos seus últimos passos, no Rio de Janeiro, como conspirador desasado. Sua tagarelice e leviandade já o haviam comprometido, e não só a ele, mas a todos os imprudentes que em sua presença haviam falado de um vago levante na capitania das Minas e ainda àqueles que apenas tiveram a infelicidade de ouvi-lo dar com a língua nos dentes acerca de tão perigoso assunto. A sombra sinistra do delator Joaquim Silvério acompanhava a sua presa. O Vice-Rei, a par de tudo, mandara vigiá-lo por dois esbirros. Mas o Alferes, apesar do aviso e conselho de pessoas conhecidas, prosseguia, na sua propaganda, sem método, sem tino e sem qualquer esperança de resultado. Não tinha amigos, nem mesmo entre os companheiros de milícia. Não era procurado por pessoa alguma de consideração. Era pobre, desvalido e sem crédito. Onde e como fazia, então, a sua propaganda? Sem armas e sem dinheiro, que diabo de revolta era a que tramava? "*Limitava-se, pois,* — diz Norberto Silva — *a conviver com pessoas de pequena esfera, passando os dias pelas lojas de negócio, e casas de mulheres perdidas, onde, em altas vozes e sempre gesticulando, ou falava nos seus projetos de meter as águas da Tijuca ou do Andaraí na cidade, e de estabelecer armazéns na praia da Saúde e barcas de passagens, ou punha-se a declamar com azedume, segundo o seu estilo, a favor de seus planos de república, atraindo a atenção pública e promovendo cenas de escândalo.*"

Todos os seus ditos e todos os seus atos eram levados ao conhecimento do Vice-Rei, que acreditava piamente na horrorosa conflagração de que tanto se arreceava o Visconde de Barbacena, exagerando enormemente os fatos. O Vice-Rei queria fazer valer os seus serviços perante a Metrópole. Faria a coisa com estrondo. Não havia pressa de prender o *Tiradentes*, "quando sabia que era um pobre doido e que nenhum séquito tinha na cidade".

Vigiado dia e noite por dois sujeitos, sabendo que mais hora menos hora seria preso, pensou o *Tiradentes* em fugir. "*Ah, se eu me apanho em Minas!*", dizia. Fugir, como? Não fez senão comprometer pessoas bondosas que generosamente o recomendaram à hospitalidade de gente amiga. Antes de poder escapulir-se, foi localizado e preso por uma aparatosa escolta na rua dos Latoeiros.

Como viu o povo a prisão do Alferes conspirador? Teceram-se desencontrados comentários a respeito do fato. Contrabando de ouro, diziam uns. Extravio de diamantes, diziam outros. Críticas aos atos do Vice-Rei, glosavam alguns, mais perto da verdade. E poucos, asseverou Norberto, falavam em conjuração, que era quase desconhecida.

A opinião de Capistrano de Abreu acerca da Conjuração Mineira é muito conhecida. Afrânio Peixoto* contou que, amigo e admirador de Capistrano, este lhe dera a ler, ainda em provas tipográficas, os seus *Capítulos de História Colonial,* exigindo-lhe a sua opinião, como para aferir a dos seus leitores mais qualificados. Afrânio deu-lha, enumerando, uma por uma, as excelências que achara naquela obra magistral. Capistrano abanava a cabeça, meio irônico e meio despeitado. Certa intenção especial da obra escapara à perspicácia daquele leitor de boa vontade. Que esperar dos outros?!

O caso era que Capistrano, intencionalmente, não se referira à Inconfidência Mineira. Não escreveu uma só palavra sobre "*aquele sargentão paroleiro do* Tiradentes, *com que a ênfase republicana, havia tantos anos, nos clamava, por toda parte, atroadoramente*". E a alguém que sobre o caso o interpelara, respondera o sábio historiador "*que a conjuração mineira* (assim, com minúsculas) *não passava de conversa fiada, como evidenciava a sentença alinhavada, depois de quatro anos laboriosos*". No que respeita ao *Tiradentes,* "*atinha-se ao último depoimento do réu e à sentença: nem naquele, nem nesta, achara a matéria-prima de um grande homem*".

Por essa razão o suprimira. Sua maneira de escrever a História não era a habitual, elaborada em torno de nomes de donatários, governadores, soberanos, ministros, generais, sombras de heróis e personalidades míticas. Ocupava-se com a história da

* *Pepitas* (Novos ensaios de Crítica e de História). São Paulo, 1942,p. 100-101.

nossa formação, com a nossa terra, a nossa gente, a nossa civilização. "Não havia lugar — comentou Afrânio Peixoto — *para os símbolos pessoais, com que falsificamos a História, nomeando responsáveis por grandes acontecimentos coletivos a miúdos sujeitos, que foram, se tanto, somenos comparsas. Às vezes, apenas, moscas do coche."*

Martim Francisco, o publicista, entendia também que tudo não teria passado de conversas de letrados. Nada mais natural que discutissem a marcha e o desdobramento dos destinos humanos e, com especialidade, as fundas repercussões universais da independência da grande colônia inglesa da América do Norte.

"*Extrair, porém, daí o desígnio de imediata independência do Brasil — disse em Contribuindo — é desordenar a verdade histórica com importunas abundâncias de imaginação*". E no mesmo lugar escreveu: "Não é esquisito que, por um atraso de setecentas arrobas no imposto do ouro, o contribuinte mineiro promovesse a independência do Brasil sem o Brasil ser ouvido?" Não lhe entrava na cabeça que num minúsculo povoado do interior do país, e com a discutível conivência de três ou quatro ainda menores, um alferes decidisse definitivamente dos destinos nacionais, A Inconfidência fora uma "*comoção regional; simpática, atraente, interessantíssima por mais dum aspecto; mas regional, manifestamente regional*".

Nem simpática, nem atraente, nem interessante, na opinião de Alberto Rangel. Fizemos da nossa História — lastimou-se o escritor de *No Rolar do Tempo* — "*o maciço relato da administração colonial, ao termo de cujo monumento de tédio acendemos as girândolas a tudo quanto foi pregador ou fautor de desordens públicas". Profligou a turba de "ideólogos nefastos, instrumentos de arruaças, Espártacos de ladeira abaixo, farsantes das Novas ideias, libertadores famélicos*", todos os agitadores e sonhadores que inconscientemente trabalhavam pela secessão do país. A independência, com a unidade nacional, chegou em seu devido tempo, amadurecida por obra do Império. A História, entretanto, disse Rangel, tem-se ajoelhado aos pés de falsos ídolos:

"*Antes de exaltar o raidinacreditável de António Raposo e identificar o seu autor, babamo-nos de entusiasmo pelos padres jacobinos de 1817; à face hipotética do Alferes discutível, encontrado atrás da cama, num sotãozinho da rua dos Latoeiros, tendo nas mãos "ena em termos de dar fogo" um bacamarte com o cano do comprimento de um palmo e com boca de trombeta larga e escorva prontas, emprestamos a santidade, o desinteresse, a resignação do próprio Cristo...*"

Na gênese da Conjuração mineira reconhece-se como principal motor o temor da *derrama* para a cobrança dos quintos atrasados. Estava em jogo o interesse de uma fração de mineiros endividados e insolváveis. Além desse móvel, de ordem econômica, local e atual, havia outro, mais complexo e antigo, de ordem geral: o sentimento nativista, o ódio ao português, que vinha das primeiras gerações de caribocas e mulatos e também de brancos nascidos no país. A ideia de separação da Metrópole, a exemplo do que sucedera nas colônias inglesas da América do Norte, ideia ventilada num reduzido círculo de pessoas ilustradas, era mais acadêmica do que outra coisa. Em sua Formação do BrasilContemporâneo, o Sr. Caio Prado Júnior faz ver, com acerto, que o pensamento de se estabelecer no Brasil um regime político independente nunca saíra "de pequenas rodas e conciliábulos secretos", e diz, categoricamente: — "*Até às vésperas da independência, e entre aqueles mesmos que seriam seus principais fautores, nada havia que indicasse um pensamento separatista claro e definido. O próprio José Bonifácio, que seria o Patriarca da Independência, o foi apesar dele mesmo, pois sua ideia sempre fora a de uma monarquia dual, uma espécie de federação luso-brasileira." Cita a opinião deMartius: "era a ralé que hostilizava os portugueses, aduzindo por sua conta: "Aliás os portugue-ses individualmente, muito mais que o regime, noção abstrata que a maioria não alcançava.*

Alberto Rangel (*No Rolar do Tempo*) não simpatizava com os movimentos insurreccionais de 1789, 17, 24, 35, 42, 48 e 89. Todos, na sua opinião, haviam posto em perigo a unidade nacional. E não lhes reconhecia propósitos verdadeiramente democráticos e patrióticos. "*As populações brasileiras — escreveu — levantaram-se de maneira extensa e consciente, no correr de sua história, mas sempre por questõesde fanatismo religioso, causas econômicas ou simples questões de campanário.*"

O *Tiradentes* pensou seriamente na instauração de uma república e acreditou no triunfo de uma revolução impossível? Parece que sim. Místico agitado, tinha a massa do herói das liberdades pátrias — ou do criminoso contra a segurança do Estado. Era mestiço, ao que parece: quis casar com uma moça de São João del Rei, filha de portugueses abastados, mas estes se opuseram, por ser ele "colono e de cor morena". E sabemos que pertencia a uma classe sub-média, intermediária entre a dos senhores e a dos pés-rapados, classe em que eram naturais os descontentamentos e ressentimentos.

Pagou por falar demais. Pagou mais que os outros, porque era pobre, de classe modesta e o mais humilde dos indiciados na devassa. Sua mente inflamada, típica do indivíduo impulsivo e exaltado que está sempre pronto a fazer justiça por seu próprio arbítrio, comprometeu irremediavelmente as personagens do tenebroso drama urdido pela polícia política da Metrópole, cavilosa, truculenta e feroz, como costuma ser nestes casos toda justiça política. Mas a dignidade que conservou na provação, em contraste com a pusilanimidade de quase todos os indiciados, o holocausto de sua vida, exigido pelo absolutismo liberticida, seu fim exemplarmente cristão, chegada a hora terrível em que nada mais importa no mundo, o redimiram de todas as imprudências e leviandades. Sua sombra legendária de vítima do despotismo merece o respeito que a História lhe consagra.

Foi o Alferes Silva Xavier o perfeito contrário do Cônego Luís Vieira da Silva *, que dele não disse também boa coisa, como tantos outros réus e depoentes do processo de inconfidência. Irrequieto e agitado, tinha a alma do conspirador, a psique

* Veja-se *O Diabo na Livraria do Cônego.*

do criminoso político ou do herói das liberdades públicas, consoante as circunstâncias. Estas mudaram, decorridos poucos anos, e o mais humilhado passou a ser o mais exaltado, como acontece tantas vezes.

O *Tiradentes* beneficiou-se da principal glória, primeiro "convertendo a leviandade em confissão heroica", segundo as palavras de Norberto Silva, e, por fim, padecendo morte iníqua no patíbulo. O martírio assegurou-lhe o primeiro lugar no panteão dos heróis da formação da pátria, O historiador Norberto tratou-o com certa frieza? Negaram-lhe outros todo mérito?

A mitologia do herói principiava apenas a configurar-se. Mas a História, como a Vida (o símile é de J, Ortega y Gasset), desenvolve-se como gerúndio e não como particípio, é um *faciendum* e não um *factum*. As circunstâncias gerundiais do espantado Alferes Joaquim José eram as mais grávidas de futuro e, assim, vimos como a sua personalidade histórica em elaboração se adensou e enriqueceu através do tempo, até atingir a máxima expressão simbólica como Protomártir da República.

1953.

A SOMBRA DA GLAUSCESTE

Depois do almoço, no hotel, reúno-me a um grupo de turistas que visitam Ourto Preto pela primeira vez. Vamos até a denominada Casa dos Contos ou Casa dos Contratos, onde atualmente se acha instalada a repartição dos Correios e Telégrafos. Enquanto uns postam cartas, outros detêm-se a admirar as linhas harmoniosas e a cantaria colorida daquela bela amostra de casa residencial portuguesa, cuja construção se iniciou, segundo uns, em 1783 e, na opinião de outros, em 1785, por ordem e à custa de João Rodrigues de Macedo, contratador das entradas e dos dízimos. Entramos. Depois de percorrermos o pavimento térreo do velho solar e antes de subirmos a ocada nobre, um moço ouro-pretano que se prestava a guiar o grupo voltou-se para nós e exclamou com ênfase, apontando para um exíguo compartimento que fica junto da escada:

— Nesta hedionda masmorra foi assassinado o Desembargador Cláudio Manuel da Costa!

Sensação. Passados uns instantes, quando já galgávamos a escada, disse eu ao ouvido de um dos meus conhecidos do grupo:

— Assassinato, vá lá. É uma afirmação fabulosa, mas que tem sido sustentada por muitos. Desembargador é que não... Cláudio nunca o foi, Gonzaga, sim. O guia confundiu pessoas e títulos.

O guia, pensei comigo, lera provavelmente um longo trabalho publicado no *Jornal do Comércio* com o título de O *homicídio* do *Desembargador Cláudio Manuel da Costa*. E é assim que se propaga a história nos lugares históricos.

É certo que, desde a morte de Cláudio Manuel da Costa, se levantou a hipótese de ter sido ele assassinado por agentes da justiça, "*hipótese inútil*, ponderava João Ribeiro, *porque o governo tinha o direito de matá-lo; e ainda hoje, sem esse direito já, assassina por vezes os seus inimigos*".[1] E diz com razão J. Norberto de Sousa Silva que mais interesse na morte deviam ter os que ele denunciou.

Os historiadores que se referem à Conjuração mineira, em sua maioria, aceitam a versão oficial do suicídio. Outros, porém, adotam a hipótese do assassínio. Fundam-se estes em duas alegações principais, ambas fragílimas: uma, a da crença popular — *voxpopuli, vox Dei* — de que a morte do poeta não fora voluntária; outra, a de que uma alma cristã, grande e nobre, como era a de Cláudio, não teria cometido a covardia de se matar.

Sobre o caso tem-se fantasiado a piacere. Teixeira de Melo divulgou uma história contada por certo Dr. Herédia de Sá, que a teria ouvido de uma pessoa que por sua

1) *Obras poéticas de Cláudio Manuel da Costa (Glauceste Satúrnio).* Nova edição. H. Garnier, livreiro-editor. Rio de Janeiro, 1903, tomo I, p. 44.

vez a ouvira de outra que a soubera de alguém que conhecera um incerto cirurgião português, alcunhado o Paracatu, o qual, segundo confissão própria, procedera em Vila Rica, onde ao tempo residia, à lavratura do auto de corpo de delito no cadáver de Cláudio e pudera afirmar no laudo que o poeta não se suicidara; porém no dia seguinte fora procurado pelo ajudante-de-ordens do Visconde de Barbacena para lhe dizer que lavrasse outro laudo concluindo pelo suicídio.

No auto de corpo de delito assinaram dois peritos. Qual deles era o Paracatu? Não se pôde saber. A vaga história contada pelo Dr. Herédia não convenceu senão aos que estavam de antemão convencidos da hipótese de assassinato. Os que não a engoliram limitaram-se a denominá-la a *lenda do cirurgião Paracatu.*

Por que se há de aceitar a tradição do homicídio, com desprezo do único documento escrito que ficou: o auto de corpo de delito e exame cadavérico de Cláudio? De sua autenticidade não era lícito duvidar sem razões de peso, e tais razões não estão do lado dos que aceitam aquela tradição. Baseiam-se os que duvidam em diferentes versões que por sua mesma abundância provam contra elas. Conjeturou-se que o poeta fora sufocado por dois soldados. A outros palpitou que o haviam assassinado a facadas. Outros, ainda, preferiram acreditar que o tinham envenenado., O calabouço em que morreu, conforme a opinião mais generalizada, era no cubículo que fica ao pé da escada da Casa dos Contos. Ali, não, contesta-se, mas em outra parte da dita casa.

Nem suicídio, nem assassinato, houve também quem o afirmasse.

Cláudio teria morrido de morte natural e em paz, na sua fazenda da Vargem do Itacolomi. Esta versão espetacular era perfilhada pelo historiador Diogo de Vasconcelos, segundo nos diz Lúcio José dos Santos em *A Inconfidência Mineira.* Lê-se nessa obra, p. 258:

"*Alta noite, foi o poeta retirado da prisão e conduzido àquele sítio. Pessoas houve que viram alguns soldados ajudando a caminhar, pelas ruas silenciosas de Vila Rica, o poeta alquebrado e doente. Não julgaram perigoso o velho poeta; respeitaram a sua idade e os seus serviços e deixaram-no morrer tranquilo, no silêncio e no segredo em sua fazenda.*"

Um comovente happy end, feliz demais para ser verdadeiro.

Lúcio José dos Santos examinou com minúcia todas as dúvidas que pairam sobre o triste fim do cantor de Vila Rica, e pôde assim concluir:

"*A nossa convicção, porém, certamente muito contrária ao nosso desejo, é que o Dr. Cláudio foi efetivamente um suicida. Nenhum dos argumentos, que têm sido invocados, puderam abalar este nosso modo de ver.*"[2]

As autoridades do processo de inconfidência exageraram enormemente a importância da conspirata de Vila Rica e castigaram com extremo rigor os pacatos Geralistas que sonhavam com a implantação de uma república no país. Com o *Tiradentes* foram cruéis além de todo limite. Mas não se jatou o infeliz Alferes,

2) *A Inconfidência Mineira*, cit., p. 249.

imprudentemente, de pregar o levante nas Minas? Por mal de pecados era o mais humilde de todos e assim a corda arrebentou do seu lado, como havia acontecido antes ao desventurado arrieiro Filipe dos Santos Freire, que sacrificou a vida por haver-se juntado a régulos e potentados reinóis levantados contra a autoridade. Com Cláudio era diferente. Por que haviam de assassiná-lo na prisão? Não se atina com nenhum motivo.

Sabe-se como Cláudio e os outros implicados na conjura responderam aos interrogatórios a que foram submetidos. À exceção do Tiradentes, do Côónego Luís Vieira da Silva e de Tomás António Gonzaga, procederam com incrível fraqueza e leviandade.

Cláudio Manuel sucumbiu diante do terror incoercível que a justiça política do Reino incutia no seu ânimo debilitado de sexagenário enfermo. Caiu em contradições, acusou e comprometeu amigos, desceu a retratações vergonhosas. Dois dias depois do tristíssimo depoimento, era encontrado morto no calabouço.

O Professor Manuel Rodrigues Lapa[3] é dos que não encontram fundamento na ideia do assassínio do poeta, a qual, em sua opinião, na verdade nada singular, "radica na intenção patente ou inconfessada de fazer de Cláudio um mártir da liberdade brasileira". Diz, textualmente:

"*É, não há que ver, uma ideia sem fundamento. Nem Barbacena, espírito delicado, amigo de muitos dos réus, seria homem para esse maquiavelismo. Não, Glauceste foi mártir de si mesmo, das temerosas contradições que se debatiam dentro de si próprio e o conduziram finalmente àquele macabro desfecho.*"

Depois de observar que não é difícil rastrear na sua obra poética a ideia de suicídio, acrescenta o erudito investigador literário:

"*Seja como for, quem uma vez leu as impressionantes confissões do poeta ao interrogatório cerrado do juiz, fruto de uma alma atribuladíssima, atacada de delírio persecutório, vacilante entre a loucura e a razão, não mais nutriu dúvidas sobre o epílogo daquele tremendo drama.*"

E mais adiante:

"*E o pobre Glauceste, colhido já decadente e fisicamente molestado naquela trama sinistra, não pôde resistir à tormenta e buscou na morte o remédio para as suas desventuras.*"

***

Agora outra coisa. Na *Revista do Arquivo Público Mineiro*, ano XI, 1906, reproduziu-se um artigo de Moreira Pinto sobre Ouro

Preto, publicado originalmente no Jornal do Comércio de 16 de novembro de 1902. Um dos "lugares santos" da Inconfidência na velha cidade é a chamada Casa dos Contos. Referindo-se a ela, escreveu Moreira Pinto:

"*Na sala dos fundos da Casa dos Contos, num cubículo junto ao Almoxarifado, crê-se que esteve preso Cláudio Manuel da Costa, que ali foi encontrado morto, em consequência de suicídio. A tradição diz que o corpo foi encontrado, já sem*

3) *Imagem de Glauceste — Três sonetos inéditos*, em *Anhembi*, São Paulo, vol. VIII, n.º 23, outubro de 1952.

vida, em um cubículo que fica abaixo da escada. Não é crível, porque esse cubículo, de tão acanhado que é, não permite que um indivíduo possa manter-se ali de pé. Além disso, na prisão de Cláudio devia haver uma cama, uma mesa para as refeições e o célebre armário onde, dizem, ele amarrara a corda em que se enforcou. Ora, tal cubículo não permite a colocação desses objetos. Acresce que Cláudio, pela sua idade e posição, não podia ter uma prisão diferente da de muitos dos seus companheiros, que foram encarcerados em outras salas, posto que menores que a que nos referimos."

Mais uma mentira da tradição, a do cubículo que se apontava, ou ainda se aponta, como o calabouço em que morreu Gonzaga. Na realidade, verifica-se no caso um equívoco maior. Teófilo Feu de Carvalho, em artigos publicados no *Minas Gerais*, março e abril de 1931, demonstrou que o edifício conhecido atualmente como Casa dos Contos não era, na época da Conjuração, a Casa Real dos Contratos e sim a residência do ex-contratador João Rodrigues de Macedo, que ali morou com a família até 1802. Só no ano seguinte passou o prédio para o domínio da Fazenda Real, por adjudicação. A Casa Real dos Contratos, assim como outras casas[4] ou repartições de serviços públicos, funcionavam então — 1789 — no Palácio dos Governadores, onde também havia quartel. Aqui, na Casa dos Contratos e não em outra parte, esteve preso Cláudio Manuel.

"*A crença ou suposição de que o suicídio de Cláudio Manuel da Costa se realizou na casa do ex-contratador Joao Rodrigues de Macedo está tão generalizada e radicada por todo o Brasil, que muitas pessoas, que pareciam sensatas, julgam preferível cultivar o erro a terem o trabalho de cooperar para desarraigá-lo a fim de que se restaure a verdade histórica.*"

Assim concluía Teófilo Feu de Carvalho um de seus artigos.

Ninguém deu ouvidos a esse desmancha-prazeres. E, convenhamos, seria penaque a sempre discutível *verdade histórica* deitasse a perder uma das atrações turísticas da Cidade-Monumento. Os visitantes que entram na Casa dos Contos, interessados em conhecer *a hedionda masmorra* em que teve morte violenta o árcade *Glauceste Satúrnio*, continuam a ser santamente enganados. Mas isso não tem maior importância: a poesia evocativa do passado opera do mesmo modo mágico na faculdade emocional dos confiados turistas. A verdade, no caso, só interessa a um que outro escabichador de miudezas da história.

1953.

4) Casas: plural muito usado então (vejam-se os Autos de Devassa de Inconfidência, passim) no sentido de as várias habitações duma casa, edifício ou morada:

"... estando ele com a concubina em uma sacada das casas em que morava, para ver certo festejo..." (Nuno Marques Pereira, O Peregrino da América, I, p. 119, Rio de Janeiro, 1939).

O Dicionário de Morais Silva, no verbete casa, ao lado de "edifício onde habita gente, morada, habitação"; dá também "peça, ou quarto do edifício: v. g. casa de jantar, de dormir, de música.

A Grande Enciclopédia Portuguesa e Brasileira registra: "Divisão interna duma habitação: morar num andar de 12 casas." E mais: Diz-se especialmente de certas divisões da habitação; casa de entrada, casa de jantar, casa de banho..."

Também no espanhol:

"Ahora en lengua castellana se toma casa por la morada o habitación, fabricada con firmeza y sumptuosidad; Ias de loshombres ricos, llamamosen plural: Ias casas delseñor Fulano, o Ias del duque, o conde etc..." (Covarrubias). 1953.

VILA RICA, VILA POBRE

Uma das patranhas da nossa história, tal como usualmente se conta nas escolas, é a da pretendida riqueza e até mesmo opulência das Minas Gerais na época da abundância do ouro. Em boa e pura verdade nunca houve a tão propalada riqueza, a não ser na fantasia amplificadora de escritores inclinados às hipérboles românticas.

A simples evocação do nome de Vila Rica tem para muitos a fulguração duma legenda esplendorosa e suscita em muitas imaginações a ideia de um passado de grandeza, com liteiras e cadeirinhas subindo e descendo congostas e ladeiras, conduzindo damas rococós e senhores de cabeleiras empoadas, quando as barras de ouro se empilhavam nas casas de fundição e o pó aurífero que se furtava aos donos das lavras sobrava o bastante para que as escravas negras dourassem com ele as trunfas encarapinhadas. Tudo muito pitoresco. Tudo muito lindo para os que se nutrem de belas fábulas.

A realidade foi bem diversa. Nem riquezas, nem grandezas. Apenas o atraso econômico e a pobreza, como herança dum desvairamento fugaz, próprio de todas as Califórnias.

Nos primeiros tempos das descobertas, o ouro borbotava em fabulosa abundância, primeiro à flor dos córregos, em lavras de aluvião, fáceis de explorar, e depois em filões e assentadas minerais, que pediam trabalhos mais penosos. O morro do Ouro Preto e o Ribeirão do Carmo, onde se encontravam as mais dadivosas lavras, povoavam-se rapidamente com os milhares de aventureiros que acorriam de todas as partes do Brasil e do Reino. Todos eram movidos por um só pensamento: enriquecer depressa e regressar às suas terras de origem. Ninguém plantava, nem criava, nem produzia nada. Para quê? Os ganhos avultados e fáceis das minas davam para pagar por qualquer preço os mantimentos, as roupas, os utensílios e as tafularias, que vinham de longe, em busca de mercado vantajoso. A maior procura ocasionou, em consequência, a exagerada elevaçãodos preços e provocou a carestia geral da vida ecm toda a Colônia. E depois, como era fácil ganhar e mais fácil ainda gastar, despendia-se tudo por aqui mesmo. Que se apurou, afinal, de tanta fartura, capaz de aplacar a mais veemente auricídia? Nada mais que uma crise de calamidades: anarquia, desordens, violências, miséria e fome.

É o que Antonil, o notável informante dessa primeira época das explorações auríferas, registrou em seu célebre livro, apontando os malefícios que a ilusão do ouro causava ao país, E assim epilogava o jesuíta as suas advertências: “Não há pessoa prudente que não confesse haver Deus permitido que se descubra nas minas tanto ouro, para castigar com ele o Brasil.”

Era uma riqueza passageira e improdutiva que a poucos aproveitava. A miséria do povo na Colônia só tinha paralelo na miséria do povo na Metrópole. Na primeira metade do século dezessete, o espanhol Baltasar Gracián gabava na sua obra mais famosa a "duas vezes boa Lisboa", a maior cidade da Península, um dos três empórios da Europa, naquela época. Mas já nos princípios do século seguinte, quando sucessivas frotas transportavam do Brasil um caudal opulentíssimo de riquezas, a capital portuguesa era descrita pelos estrangeiros como uma cidade de mendigos.

O Ouro Preto e o Ribeirão do Carmo, primeiros povoados das minas erigidos em vilas, não passam então de simples aldeamentos de mineradores, gente adventícia e infixa, que habitava casebres de barro e palha. Em toda a primeira metade do século do ouro não se vê nada nessas vilas que possa justificar a lenda de riquezas e grandezas, formada em redor delas., E na segunda metade? Também não.

De 1730 a 1750 as minas atingem seu mais alto grau de rendimento. Depois, gradualmente, se tornam menos rendosas. A miragem não chega a durar um século. Para onde se escoara tanta riqueza? Não ficara no Brasil nem — em Portugal: encaminhara-se para a Grã-Bretanha, à qual os Portugueses compravam cereais e tecidos. Sem uma política econôómica de fixação, a riqueza aurífera esvaía-se nos lucros do comércio exterior, capitalizava-se nos países que produziam as mercadorias de que reinícolas e colonos necessitavam.

Não aproveitaram melhor aos Espanhóis as riquezas em metais preciosos e pedrarias, por eles extraídas no México, na Colômbia e no Peru. Fato bem diverso e feliz se verificou na Bacia do Prata. Lá nãoexistiam tais riquezas, e foi sorte. A pobreza aparente da planície platina, que atrasou ali a obra da colonização, orientando-a no sentido da pecuária, transformou-se por fim, graças à iniciativa individual, numa sólida e duradoura economia.

Desfeita a miragem do ouro, a região das Minas Gerais abismou-se num estado de miséria de que ainda agora não acabou totalmente de sair. As duas principais revoltas aqui ocorridas foram determinadas pelas dívidas e as aperturas financeiras dos seus principais habitantes. A de 1720, em que pagou por todos o pobre almocreve lusitano Filipe dos Santos Freire, não foi senão um motim contra o fisco. A de 1789 originou-se, antes de nada, do temor da derrama, que os mineiros não podiam pagar. E que revelaram os sequestros dos bens dos implicados na malograda conjura? Apenas isto: a modestíssima maneira de viver das pessoas principais da Capitania. (Maneira modestíssima, não o esqueçamos, que sempre foi e ainda é a do viver da gente mineira.)

Onde a riqueza? Onde a grandeza?

O quadro era bem outro. Leia-se a famosa "Instrução para o governo da Capitania das Minas Gerais" pelo desembargador José João Teixeira Coelho. Põe-se em claro nesse pormenorizado documento a lastimosa situação econômica e social da Capitania, em 1780, que podia resumir-se em poucas palavras: desorganização econômica, ruína, indolência e pobreza.

É entretanto por essa altura, na penúltima década do século dezoito, quando os literatos de Minas sonhavam com a instauração duma república no país, que se costuma enxergar a época do maior esplendor da Vila Rica. Em que se louvam os que isso veem? Em depoimentos de poetas? Cláudio, Gonzaga, outro acaso, deixaram testemunhos acerca de aspectos porventura brilhantes da sociedade vila-riquense? Não, que se conheçam. Pode até dizer-se: antes pelo contrário.

Cláudio Manuel, que estudou em Coimbra e publicou na Europa a sua obra de valor poético, parece ter perdido a inspiração ao regressar a Minas (a observação é do inolvidável mestre João Ribeiro) e, na própria pátria, confessou-se "poeta desterrado", por não poder "substabelecer aqui as delícias do Tejo e do Mondego": sentia-se entorpecido entre rudes trabalhadores empenhados "na ambiciosa fadiga de minerar a terra". Depois, já reconciliado com "a grossaria dos habitantes", compôs o poema épico *Vila Rica*, obra larvar, imperfeita e dessaborida, muito abaixo dos seus méritos de poeta.

E que é que o satírico anônimo das *Cartas Chilenas* censurou principalmente no governador Cunha Meneses? Que ele construísse um majestoso edifício de pedra para a cadeia e a câmara (o existente era de pau e barro), acima das forças duma "terra decadente", como era Vila Rica, "humilde povoado, onde os grandes moram em casas de madeira a pique". Esse edifício seria e ainda é a mais importante construção civil entre as poucas dignas de nota da velha capital dos Governadores mineiros.

O inglês John Mawe visitou-a em 1809. Foi o primeiro estrangeiro que teve licença para penetrar nos distritos do ouro e dos diamantes. Os privilégios, de que os súditos britânicos gozavam em Portugal e seus domínios, haviam-lhe conferido tal primazia. No seu relato da viagem, o inglês declarou que ficara admirado da pobreza da capital mineira, e contou que, conversando com alguns dos principais comerciantes vila-riquenses sobre a enorme quantidade de ouro que era fama ter-se produzido ali, aqueles pareceram contentes por terem a oportunidade de lhe dizer que todo o ouro ia para a Inglaterra, um deles acrescentando que a cidade devia chamar-se na atualidade Vila Pobre, em vez de Vila Rica.*

1948

* Quatro anos antes, escrevia um informante, em carta a um primo seu, datada de Sabará a 30 de março de 1805: "A Capitania das Minas Gerais, que fez as grandes riquezas dos felizes Reinados do Sr. D. José I, de feliz memória, se acha em estado de pobreza e de miséria; a abundância de suas minas se fez sensível no abatimento do valor da moeda da Europa inteira, foi inveja de muitas Nações, e este País se acha agora num extremo de miséria." (*Informação da Capitania de Minas Gerais*, dada em 1805 por Basílio Teixeira de Sá Vedra, in "Revista do Arquivo Público Mineiro", ano II, 1897, p. 673-683).

NAS MERCÊS DE BAIXO

Dois amigos dos bons tempos, Pedro de Sousa e Antônio dos Santos, encontram-se casualmente em Ouro Preto, no mesmo hotel. São ambos funcionários públicos (sem ofício ou benefício do governo, quem pode viver nesta terra?) e estão ali a passeio, em gozo de férias. Pedro de Sousa mora no Rio e é poeta nos seus momentos de ócio. Antônio dos Santos, residente em Belo Horizonte, gosta de antigualhas e se interessa por miudezas da história de Minas. Conhece bem Ouro Preto, relicário de tradições, vasto museu de velharias, valorizadas pelo apreço ao passado. Não assim o amigo do Rio, que visita a Cidade-Monumento pela primeira vez. Como não é para menos, Pedro de Sousa está fascinado com a venerável capital dos capitães-generais. Nunca viu nada parecido: a cidade encarapitada em três morros, com o casario feanchão mal equilibrado nas encostas e grotões: os arruamentos torcidos, com subidas e descidas violentas, à feição dos acidentes do terreno, como em montanha-russa; as igrejas emergindo dos outeiros, acaçapadas — duas janelas na cara, pórtico, claraboóia, torres erguidas — semelhantes a grandes vacas sentadas sobre os joelhos; e, mais curioso que tudo, a uniformidade anciã, a fisionomia urbanística de outras épocas, coagulada, parada no tempo, meio colonial, meio imperial. Pedro de Sousa, confessa, nunca sentiu como ali a emoção das nossas coisas. E tudo tão pitoresco. Aquilo parece-lhe um presépio, como os da tradição popular.

Tinham visitado, juntos, as principais igrejas: São Francisco de Assis, Rosário, São Francisco de Paula, a matriz do Pilar, a de Antônio Dias, Santa Ifigênia, Padre Faria, Dores, Santana, Piedade; Mercês de cima... Naquela tarde, depois do almoço, dirigem-se à igreja de Nossa Senhora das Mercês e Perdões, também chamada Mercês de baixo. O encarregado de abri-la é um mulato afável, solícito, bom conversador. Foi sorte encontrá-lo.

A igreja, concluída no último terço do século XVIII, teve de ser reconstruída em meados do passado século. Diminuto interesse oferece à curiosidade do turista a não ser a tradição que atribui a D. Branca de Oliveira Leitão a fundação da primitiva capela de Bom Jesus dos Perdões, cujas imagens e utensílios passaram depois para a de Mercês de baixo. O sacristão, como faz sempre, conta aos visitantes a história de D. Branca, cujo marido, o Coronel Antônio de Oliveira Leitão, paulista com fumos de nobreza, então residente com a família em Vila Rica, apunhalou uma filha donzela por vê-la de namoro com um rapaz de condição inferior. Preso e enviado a julgamento na Bahia, foi ali condenado à morte e decapitado. Isso na época do Conde de Assumar, pelos anos de 1720 e 1721. D. Branca, inconsolável com a perda violenta da filha e do marido, mas pensando, como verdadeira cristã, no perdão do autor da brutal tragédia, fundou a capela do Senhor Bom Jesus dos Perdões, de que foi a perpétua zeladora.

Os dois ouvem a história, sentados junto do sacristão, num banco bem em frente da capela-mor.

— Conheço a história, disse Pedro de Sousa. E, ato contínuo, recitou a "mezza voce" um fragmento do "Noturno de Belo Horizonte" de Mário de Andrade, em que o poeta alude precisamente ao episódio trágico.

Meus brasileiros lindamente misturados,
Se vocês vierem nessa igreja dos Perdões
Rezem três Ave-Marias ajoelhados
Para esses dois infelizes
Creio que a moça não carece muito delas
Mas ninguém sabe onde estará o coronel...
Credo!

E diz Antônio dos Santos:

— O caso tem muito sabor, como lenda que é. Historicamente, não passa de um carapetão, embora figure, a título bem diverso, na *História Antiga das Minas Gerais*, de Diogo de Vasconcelos, donde a foi buscar Mário de Andrade. A verdade é que o Coronel Antônio de Oliveira Leitão não foi magistrado nesta cidade, nem assassinou aqui nenhuma filha, como disse o autor da *História Antiga*, louvado na opinião do linhagista Pedro Taques, insigne potoqueiro. Matou uma filha, é certo, mas essa não era donzela, senão casada, achando-se para dar à luz quando o pai a assassinou. E o genro também foi morto por esse indivíduo de maus bofes. O coronel era um facinoroso, atrevido e desaforado, que deu muitas dores de cabeça ao governador das Minas. Morava então na comarca de São João del Rei. Foi sentenciado e decapitado, não só por ter assassinado a filha e o genro, como ainda por outros crimes, mortes, latrocínios, abusos e violências. Em suma, a versão de que D. Branca fundou a capela do Senhor Bom Jesus dos Perdões, antecessora desta, carece de fundamento...

O sacristão fita Antônio dos Santos, como que dizendo: "Lá vem esse com novidades". E arrisca estas palavras:

— A tradição não mente.

— A tradição, quando não mente, deturpa, redarguiu o escabichador de miudezas históricas, continuando a falar. — Feu de Carvalho pôs o caso em pratos limpos, sem deixar lugar a mínima dúvida. Está num folheto intitulado *O coronel Antônio de Oliveira Leitão*, separata dos "Anais do Museu Paulista". Feu de Carvalho sustenta que D. Branca, provavelmente, não conheceu Vila Rica, a não ser por ouvir dizer, e, em qualquer hipótese, não podia ter fundado a primitiva capela dos Perdões, pela poderosa razão de que se conhecem os seus fundadores, uns moradores de Antônio Dias, vinte e tantos anos depois da época em que teria ocorrido o tal caso. Pedro de Sousa não ocultou um gesto de desgosto:

— Feu de Carvalho disse isso?

— Sim. Disse que a história foi mal contada.

— Opinião de traça de arquivo... Mania de erudito que se limita a recolher materiais e ordenar notas, sem fantasia nem inspiração para as belas sínteses que iluminam os espíritos. Esses eruditos que só se preocupam com os documentos e a verdade dos fatos são uns grandes ingênuos. Que é que provam, afinal? Para fazer história é necessária a intuição vivificante do poeta.

— Não confundamos os gêneros, meu caro — atalhou Antônio dos Santos. — Convém delimitar o campo da poesia e da história, separar o lendário do realmente acontecido. Confesso que gosto muito de bonitas lendas, mas sou dos que querem a poesia na poesia e a prosa na prosa.

— Feu de Carvalho, pelo que você nos diz, estragou uma história interessantíssima.

— Tranquilize-se. Ninguém o leu, a não ser uns poucos especialistas do assunto. A história de D. Branca, tal como a contou aqui o nosso amável guia, perdurará através de gerações e gerações. A mentira é mais tenaz que a verdade.

1948.

TEATRO EM OURO PRETO

O grupo de comediantes do "Teatro do Estudante", do Rio, orientado pelo escritor Pascoal Carlos Magno, representou em 1947, durante muitas semanas consecutivas, a célebre tragédia do quinhentista António Ferreira, a *Castro*, adaptada à cena moderna por Júlio Dantas. A representação constituiu um extraordinário êxito artístico e de bilheteria, segundo os jornais.

Como eco daquele acontecimento teatral, lia-se no *Correio da Manhã*, seção Teatro, a seguinte nota intitulada *Soneto a Inês de Castro*:

"*Um leitor amigo manda-nos o soneto abaixo, de autoria de João Joaquim da Silva Guimarães, nascido em Sabará, Minas, em 1778, pai do grande poeta e roman-cista Bernardo Guimarães. O soneto abaixo não traz data. Está no volume Folhas do Outono, de Bernardo Guimarães, edição de 1883, em que o autor reuniu versos de seu pai e de seu irmão Manuel Joaquim da Silva Guimarães. Também não traz o soneto a indicação do lugar onde o poeta assistiu à representação da tragédia. É lícito supor que tenha sido em Ouro Preto, capital da Província de Minas, e visitada por muitas das principais companhias dramáticas da época. É famoso seu pequeno teatro, que brevemente será visitado pelo "Teatro do Estudante", que nele representará também a Castro, que motivou a improvisação do soneto que ora reproduzimos, depois de uma representação da tragédia de António Ferreira.*"

Seguia-se o soneto, no final da nota.

A hipótese de que o autor do *Soneto a Inês de Castro* tenha assistido no teatro de Ouro Preto à representação da tragédia de Antônio Ferreira é perfeitamente admissível, João Joaquim da Silva Guimarães, poeta e prosador, representante de sua província na primeira legislatura geral, residia na antiga capital mineira quando nasceram seus três primeiros filhos: Joaquim Caetano (1813), Manuel Joaquim(1821) e Bernardo (1825), futuros homens de letras, todos os três. E acontece que temos notícia da representação de *Inês de Castro* (a de Ferreira, com toda a probabilidade) em Ouro Preto, correndo o ano de 1820, conforme o testemunho dum viajante estrangeiro, que permaneceu algumas semanas naquela cidade.

A notícia em que nos louvamos acha-se no trabalho que o Sr. Afonso de E. Taunay publicou em 28 de novembro de 1943 no *Jornal do Comércio* do Rio, sob o título "A estada de Pohl em Vila Rica (1820)". Referia-se o ilustre historiador aos comentários que o naturalista vienense João Manuel Pohl escreveu em seu livro de viagens, hoje raro, sobre a vida social ouro-pretana. Pohl aludiu às primeiras distrações da sociedade. Jogava-se, bebia-se, dançava-se, fazia-se música. O entretenimento musical era fraco, não só quanto a instrumentos, como quanto a executantes. Um piano oblongo, uma flauta e uma rabeca ruim era tudo o que se podia arranjar para um concerto. Cantavam-se árias célebres, sem arte nem expressão. Entre as danças, o fado e o fandango eram as preferidas pelo belo sexo. O velho preconceito lusitano da segregação da mulher no recesso do lar, não lhe permitindo o convívio social dos homens, passava na ocasião por uma síncope, pois o Governador Geral gostava de reuniões frequentadas pelo elemento feminino. Isto facilitou ao viajante a observação dos costumes dos dois sexos, nada exemplares em matéria de relações proibidas, dizia ele. E a tradicional segregação das damas, notava-o ainda, em nada concorria para formar modelos de moralidade e modéstia.

Outra distração em verdade pouco apreciada, era o teatro. Pohl teve a oportunidade de assistir a três representações teatrais. Vejamos como era a sala de espetáculos, segundo a descrição por ele deixada e consoante a encontramos reproduzida no citado trabalho do Sr. Afonso de E. Taunay. Tinha o teatro local três ordens de camarotes, cada uma com catorze, dos quais eram assinantes os principais da cidade. Apesar de pequeno, ainda se mostrava grande demais para o número de habitantes da capital mineira. Soldados da guarda, armados de baioneta, ocupavam as cadeiras da plateia. Não era grande a afluência de público, e haviam assegurado ao naturalista que a maioria dos assinantes de camarote frequentava as funções, unicamente, para agradar ao Governador. Só havia um espetáculo semanal e o teatro não se abria quando o Governador estava doente.

Ocupavam o teatro, de vez em quando, companhias ambulantes ou grupos de amadores. Neste último caso, como não ficava bem a damas de boas famílias representar em público, todos os papéis femininos eram desempenhados por homens. Durante sua permanência em Vila Rica, Pohl assistiu à representação das seguintes peças: uma ópera-cômica de Dittersdorf (compositor vienense, ligado a Glück, Haydn, Metastásio e Marini), a *Donzela de Mariemburgo* e *Inês de Castro,* peça favorita dos Portugueses.

Havia mulheres no elenco da companhia, e Pohl teve ocasião de ver uma atriz fazer o papel de prima-dona na ópera cômica e outra o da Donzela de Mariemburgo, representado este último por uma rapariguinha de treze anos. Quanto ao papel de Inês de Castro — notou-o com curiosidade fora desempenhado por um homem, aliás com agrado e muitos aplausos.

Onze anos antes estivera em Vila Rica o inglês João Mawe, que no relato de suas viagens ao interior do Brasil também se referiu a representações teatrais na já decadente cidade mineira. "*Fui duas vezes assisti-las, diz Mawe, muito satisfeito de que esse divertimento, digno de seres racionais, tivesse substituído os cruéis combates de touros.*" O teatro e suas decorações pareceram-lhe lindos, e passáveis os atores. O público, entretanto, não os aplaudia. "*Se recebessem aplausos do público, observava o viajante inglês, ficariam sem dúvida mais satisfeitos. Sempre estiveram na dependência do Governador; são tão coibidos, que só podem representar as peças que a sua fantasia lhes indicar.*"

Os Governadores animavam a vida social, davam festas e saraus, promoviam touradas, cavalhadas e representações teatrais. E nem sempre recebiam louvores pelo que faziam. O governador Cunha Meneses, o "Fanfarrão Minésio" das *Cartas Chilenas*, homem empreendedor e, ao que parece, alegre e festeiro, foi zurzido na célebre sátira, por ter oferecido representações teatrais de peças famosas à população vila-riquense. Leiam-se os versos 41-43 da Carta V, onde se lamenta que belos dramas fossem estropiados por bocas de mulatos.

Que mais queria o mordaz autor anônimo das *Cartas Chilenas*? Ele próprio (Cláudio Manuel, Tomás Gonzaga ou quem quer que fosse) chamava a Ouro Preto "terra decadente", "humilde povoado, onde os grandes, moram em casas de madeira a pique". Como exigir que se oferecessem, numa tal aldeia, espetáculos de teatro semelhantes aos europeus? No Rio de Janeiro, por aquele tempo, não havia nada melhor. O viajante, francês Bougainville referiu-se ao espetáculo a que assistiu no teatro do Ópera do Rio de Janeiro, em 1766, convidado pelo vice-rei, e narrou como, "em uma sala bastante formosa", pôde ver "as obras-primas de Metastásio representadas por uma companhia de mulatos" e "ouvir trechos divinos dos grandes mestres da Itália, executados por uma orquestra má, regida por um padre corcunda em hábito eclesiástico". Vinte anos depois, na época das *Cartas*, o teatro não tinha feito muitos progressos no Rio, e tanto no Brasil como em Portugal os papéis femininos eram desempenhados por homens, pois uma ordem da rainha D. Maria, beata e maluca, proibia que as mulheres tomassem parte nas representações teatrais, proibição que durou até 1800.

1948.

NOTAS PARA ESTA EDIÇÃO

1. Uma informação aparecida em *A Ordem*, periódico da Cidade do Pomba, e reproduzida no *Minas Gerais* de 19 de outubro de 1898, referiu-se a uma temporada teatral que se teria iniciado na Casa da Ópera de Vila Rica a 20 de janeiro de 1811. A peça de estreia, segundo o informante, intitulava-se "Filho abandonado", seguindo-se uma "dança" e a comédia "Antes filha do que vinho". Cada camarote custava por espetáculo de 400 a 500 réis, cada cômico ganhava 1$600, cômica 1$800. Os cômicos eram vinte, de ambos os sexos, entre os quais José Pinto de Castro, Gabriel de Castro, José de Castro, Antônio Ângelo, Francisca Luciana, Dona Luísa Josefa Nova, Ana Serrinha e Felicidade Vaqueta. A orquestra compunha-se de 16 músicos, ganhando o regente João de Deus e Castro 900 réis, e os mais a 750 réis; o alfaiate 300 réis; o cabeleireiro e o carpinteiro, 300 réis cada um. Compunham o repertório, entre outras peças, "Zaíra", "Escola de maridos", "Salteadores", "Batalha de Saragoça", "Peão fidalgo", e as comédias "Fogo no quintal", "Dama dos encantos", "Poetas afinados".

O Conselheiro Herculano Ferreira Pena, quando governador da Província, contratou, em 1857, a reforma completa do velho teatro ouro-pretano, talvez o mais antigo dos que existem no país. As obras só se concluíram sete anos depois. Faz poucos anos, sendo prefeito municipal o Sr. Washington Dias, passou a casa também por uma boa reforma.

2) O Conde de Suzannet assistiu a uma representação de *Inês de Castro*, em 2 de dezembro de 1842, por ocasião das cerimônias realizadas em Ouro Preto em comemoração do aniversário do Imperador. "À noite houve grande espetáculo", escreveu o viajante francês; "o retrato do Imperador foi colocadono palco, entoou-se uma canção e, ecm seguida, o Presidente deu um sinal, e três vivas foram dados na Assembleia. Uma vez o retrato retirado de cena, o imperador foi esquecido, e todos passaram a ocupar-se da peça em que todos os papéis, mesmo os de mulher, eram representados por oficiais e soldados. A peça era o drama português *Inês de Castro*. Os atores eram, às veztes, traídos pela memória e paravam no meio das mais belas tiradas. A sala era pequena e baixa; só havia uma ou duas mulheres bonitas; as outras, segundo me disseram, ficaram assustadas com a chuva. Depois de permanecer alguns instantes na sala, deixei com prazer o drama prosseguir sem minha presença," (O Brasil em 1845, trad. de Márcia de Moura Castro. C.E.B., Rio, 1957, p. 100-102).

COM O DR. POHL EM MINAS

I

Graças ao Instituto Nacional do Livro, pode-se ler agora em nossa língua a *Viagem no interior do Brasil,** obra em dois volumes, deixada pelo médico e naturalista austríaco João Emanuel Pohl. Observador meticuloso, o doutor Pohl não se limitou a registrar as suas observações geognósticas e mineralógicas, que constituíam a finalidade da excursão científica que empreendera, mas consignou também no seu diário de viagem apontamentos muito valiosos acerca da etnografia, economia e costumes dos habitantes das regiões percorridas. Sobre a terra e a gente de Minas, suas anotações concordam na generalidade dos casos com as de outros testemunhos escritos, relativos à mesma época ou a épocas aproximadas. Esta é sem dúvida a parte mais interessante da obra agora editada em nossa língua, só conhecida até aqui dos que a podiam ler no original alemão, ou nos comentários às suas principais passagens, feitos pelo incansável historiador Sr. Afonso de E. Taunay em artigos saídos no *Jornal do Comércio*.

Para a história econômica e social de Minas é um depoimento dos mais preciosos. Como era Minas, quando Pohl a percorreu? Uma terra pobre e atrasada, habitada principalmente por negros e mulatos, com evidentes sinais de decadência nas vilas e arraiais em que outrora o ouro alimentara uma riqueza. Pobreza por toda a parte: eis o que mais feriu a atenção do viajante. Pobreza no interior fluminense, no interior mineiro, no interior goiano. Pobreza e sua inseparável associada, a ociosidade. "*O ócio* — diz o viajante — *é a máxima felicidade dessa gente.*"

Viajar naquele tempo pelo interior do país era empresa sumamente molesta e morosa, cheia de contratempos, dificuldades e perigos.

Especialmente na estação das chuvas. Bem que o haviam prevenido. Mas o doutor Pohl não queria perder tempo e, assim, em setembro de 1818, iniciou sua excursão ao território de Minas Gerais e de Goiás, só regressando, com a saúde arruinada, em começos de 1821.

A viagem terra a dentro fazia-se normalmente em caravanas, como no Oriente; com esta diferença: em vez de camelos, muares, tocados por escravos negros a pé. Nas grandes caravanas, cada grupo de seis ou sete muares ficava ao cuidado de um tocador. Um arrieiro, montado a cavalo, viajava atrás de todos, governando a caravana.

* É o volume de número 14 da coleção Reconquista do Brasil editada pela ITATIAIA-EDUSP, l.ª série, tradução de Milton Amado e Eugênio Amado (nota da Itatiaia).

A comida, nas míseras estalagens que de raro em raro se encontravam, era o feijão preto com toucinho. No melhor dos casos, feijão com carne seca ao vento, comido de mistura com farinha de milho ou de mandioca. A galinha com arroz constituía então (como ainda hoje) o prato de luxo dos Brasileiros do centro-sul. O açúcar, embora abundante, não era refinado. No interior, desconhecia-se a manteiga. O queijo, a não ser importado, era mau. A carne de vitela, segundo alguns, fazia mal à saúde. Ao penetrar no território de Minas, os soldados do Registro da Rocinha de Simão Pedro, encarregados de revistar os viandantes, assaltaram o Doutor Pohl com perguntas acerca das coisas da Europa, e tão contentes se mostraram com as informações obtidas, que lhe prepararam uma galinha. Pohl celebrou o acontecimento, como o fez de outras vezes em que o mesmo se repetiu.

Como se vestiam os moradores da Província de Minas? Os escravos andavam descalços e seminus, com um pano sujo passado entre as pernas, ou então usavam calças de riscado, o tronco nu, ou com um molambo de camisa aberta no peito. Os donos de engenhos e fazendas, nos dias comuns, andavam ordinariamente descalços, camisa meio rasgada, calças de tecido de algodão, chapéu de palha, e rosário pendente do pescoço. Em dias festivos, chapéu de feltro negro, calças brancas curtas e botas compridas, presas por correias abaixo do joelho, e jaqueta de chita de cor, por cima do colete branco. O traje feminino compunha-se de vestido de montar, de pano azul ou verde, com canhões cor-de-rosa nas mangas, ornados de botõezinhos e, por baixo, longo vestido branco, bem amplo, de modo a permitir montar a cavalo à maneira masculina. Com frequência, viam-se duas mulheres montadas num só animal. Mais frequentemente ainda, o homem trazia a sua mulher à garupa do cavalo que montava. Atrás do casal,também a cavalo, seguiam os parentes. Fechavam o cortejo os negros e mulatos, a pé, em fila indiana. As mulheres abrigavam a cabeça com um lenço, sobre o qual encarapitavam um chapéu de homem, redondo, preto. Ao pescoço penduravam rosários e escapulários. E tanto os homens como as mulheres não dispensavam o guarda-sol, mesmo a cavalo. Assim os observou o naturalista na região da Mantiqueira.

Barbacena contava umas trezentas casas, quase todas de pau e barro, mas cobertas de telhas. Poucas eram de sobrado e nenhuma se podia comparar com qualquer casa de cidade europeia. Os habitantes viviam mais do comércio, e quase todas as casas tinham armazém de secos e molhados, fato este observado igualmente em outras localidades mineiras. A vista do pelourinho fez arrepiar de horror o viajante: em uma coluna com quatro braços de ferro, ereta em frente da cadeia e casa da câmara, estava pendurada uma mão humana seca. Na coluna, viam-se gravadas as armas nacionais junto de um cutelo.

São João del Rei, com seus 7.000 habitantes, causou-lhe boa impressão, como uma das mais limpas e alegres cidades que encontrara no Brasil. Casas de um só andar, na maioria, bem caiadas, com pomares. Ruas largas, bem calçadas. Deram-lhe, na estalagem, um quarto limpo, pintado, com cama, mesa e cadeira, como havia muito não encontrava no Brasil. Mas o prazer dessas comodidades logo se dissipou ao olhar para fora pela janela:

Com horror descobri num alto, apenas a 16 passos de mim, postadas numa vara, em torno da qual adejavam milhões de moscas, a cabeça e a mão de um negro. Havia pouco tempo o infeliz assassinara o seu tirano, o dono desta estalagem. Fugira, fora preso e executado em Vila Rica. Mas a cabeça e a mão foram trazidas para aqui para serem expostas, como escarmento, no local do crime."

A Vila de São José del Rei (atual Tiradentes) contava umas 500 casinholas mal construídas. De notável, só a igreja matriz, "considerada a maior e mais bela do Brasil", como teriam dito ao viajante. Umas 200 choupanas compunham o arraial de Oliveira, habitado por mulatos e negros, infensos ao trabalho. Formiga, pobríssimo arraial de umas cem cafuas, era também habitado, na maioria, por negros e mulatos que viviam de criar porcos.

Nas principais localidades não havia médicos, nem farmacêuticos, nem medicamentos, a não ser jalapa, ipeca, ruibarbo, quina de má qualidade, ópio, cânfora, mercúrio.

Sobre a condição dos escravos pareceu-lhe que, exceções à parte, eram tratados com mais brandura que na América do Norte e nas colônias dos povos norte-europeus. O trabalho que lhes impunham não excedia suas forças e capacidade física, bem pequenas aliás, nota o viajante, considerando que seis negros não trabalhavam tanto quanto um bom jornaleiro na Europa. Já os negros forros, se tinham escravos, tratavam-nos impiedosamente, dando razão ao ditado de que "não há pior cunha que a do próprio pau". Os mulatos forros, com presunção de melhor sangue, por serem na maioria filhos de senhores, eram os mais bárbaros no tratar os infelizes servos que acaso possuíssem.

O viajante louva em geral a amenidade do trato e a cortesia da gente branca que pôde conhecer. Com palavras de gratidão recordou a extrema benevolência com que o agasalhou em sua fazenda o juiz do arraial de Patrocínio. Deu-lhe um dos melhores quartos da casa e, embora já fosse tarde, mandou preparar-lhe uma boa refeição à moda do país: verduras, feijão, galinha com arroz, queijo; farinha de milho e bananas. Estranhou, todavia, o costume de derramar farinha de milho sobre a mesa para ser servida de mistura com os alimentos contidos numa travessa: "*A gente serve-se logo dessa farinha, em vez de pão, tirando-a do monte com uma colher e levando-a assim à boca*". Os naturais têm a habilidade de tirá-la do monte às colheradas e enviá-la ou melhor arremessá-la à boca." E notou à mesa um luxo raro no interior do Brasil: pratos de louça inglesa, guardanapos, talheres de prata, copo de prata para beber água e, enfim, uma grande bacia de metal para lavar a boca e as mãos depois da refeição. Esperava-o no seu quarto um banho para os pés e uma limpa cama de palha de milho com lençol branco e um cobertor de algodão lavrado com flores e cruzes coloridas, — produto, este último, da indústria doméstica.

O que observou em Paracatu do Príncipe merece também rápida menção. A vila contava então 700 casas de madeira e barro, cobertas de telha e quase todas térreas. A população, menor que em outros tempos, compunha-se na maior parte de negros e pardos, cuja ocupação preferida era a criação e o comércio a varejo. Por indolência eram avessos à prática de ofícios, como acontecia em outras partes da Província. Os sacerdotes, ali numerosos, possuíam muitos bens de raiz e dedicavam-se a atividades econômicas. A alimentação das pessoas abastadas eram arroz, toucinho, carne de vaca, fresca ou seca ao vento, mandioca, batata-doce, hortaliças, linguiça, bacalhau, frutas em conserva e doces. A dos pobres, feijão preto, peixe seco e farinha de milho, raramente com carne seca.

Pohl assistiu lá a uma festa de batizado. O pai da criança foi buscá-lo, em traje de gala, espada de aço com banda de seda vermelha e azul à cinta, solenemente, acompanhado de seus convidados. Deram-lhe o lugar de honra à mesa. Não havia facas nem garfos. Cada qual se servia do prato que desejava. Ergueram-se brindes e, em meia hora, acabou-se o banquete. Só então as mulheres compareceram à mesa.

Passatempos de sociedade? Jogos de cartas e música. Viola, especialmente. "*Raramente se ouve o violino ou a flauta, repara o nosso viajante. Mesmo nas igrejas falta o órgão, e, nas partes do Brasil que percorri, encontrei tão pouco gosto pelo canto que, em toda a minha viagem, ouvi apenas algumas canções monótonas.*"

E deixemos agora o doutor Pohl internar-se pelo território de Goiás. Aguardaremos sua volta a Minas.

II

Voltando a Minas Gerais, depois de prolongada excursão científica ao território de Goiás, chegou o doutor João Emanuel Pohl a Vila Rica em fins de 1820 e ali permaneceu até princípios do ano seguinte.* Foi recebido gentilmente pelo governador-geral D. Manuel de Portugal e Castro, que possuía bela biblioteca em sua residência — diz o naturalista viajante — e quando saía de casa para o palácio o fazia em uma caleça de duas rodas, puxada a burro, acompanhado de dois dragões que trotavam a cada lado do carro. O governador deu-lhe hospedagem em sua própria chácara, a poucos passos da residência do seu amigo Barão von Eschwege, incumbido pelo governo de estudos mineralógicos e da instalação da indústria metalúrgica em Minas.

Como era a capital da capitania mineira? Vila Rica tinha então umas 1.600 casas. Eram, em parte, construídas de pedra e assobradadas, no centro da cidade, e na maioria casas baixas de pau-a-pique em ruas afastadas do centro. Contava aproximadamente, 8.600 almas. A população de Minas Gerais, uma das maiores do país, alcançava rocio meiomilhão de habitantes, composta em sua quarta paorte de escravos negros e mulatos. Os brancos, 130.000 pouco mais ou menos, eram ecm geral considerados fidalgos ou nobres. Habituados a ter escravos e a mandar, não estimavam o trabalho e pouco se preocupavam com os negócios.

O doutor Pohl não gostou da "triste cidade de Vila Rica" e só achava distração na companhia do sábio *alemão Eschwege*. Sua descrição da cidade é meticulosa e certamente exata. Queixou-se do clima, geralmente áspero, da garoa frequente, da

* Aludimos a Pohl e a algumas de suas observações acerca da vida vila-riquense no artigo intitulado Teatro em Ouro Preto, publicado na imprensa antes da tradução da Viagem no interior do Brasil — NOTA DE 1956.

inconstância da temperatura e, como era o tempo das águas, dos contínuos temporais. Não lhe agradaram as íngremes ladeiras, ligando os principais pontos da cidade, através de vielas empinadas e tortuosas, mal calçadas, obrigando a penosas subidas e descidas de escarpas. Referindo-se à praça principal, onde se acha a maior superfície plana da cidade, descreveu o palácio do governador, como "um edifício vistoso, porém com um só andar, pintado de vermelho e amarelo, com a fachada principal um tanto estreita, duas sacadas, um balcão e uma espécie de parapeito onde se acham assentados dois canhões". Em frente ao Palácio, notou a Casa da Câmara e Cadeia, só acabada de construir na parte da frente, com uma alta torre dotada de relógio.

Nada de especial notou nas igrejas, a não ser que eram exteriormente pintadas com cores vivas e todas possuíam ricos vasos de ouro ornados de pedras preciosas.

Bem interessante é o que escreveu em seu diário sobre a vida social ouro-pretana. Não só o governador, como as pessoas importantes, costumavam promover reuniões de sociedade à noite, às quais compareciam os dignitários da cidade e estrangeiros distintos. Mas só depois da chegada do governador Portugal e Castro se admitiram também as senhoras, até então excluídas dessas reuniões. Um velho preconceito assim o exigia, embora as senhoras em sua maioria não pudessem ser apresentadas como modelos de moralidade e bons costumes. "*É fato conhecido, esclarece Pohl, que em geral, segundo o exemplo dos maridos, elas se entregam a relações ilícitas.*"

O ciúme feroz, o truculento ciúme dos maridos — ciumeira bem portuguesa, ou antes, tradicionalmente peninsular. — levava-os a conservar as mulheres encerradas e vigiadas nos gineceus, por trás das rótulas fechadas, o que de modo algum não as impedia de dar o troco aos seus donos e senhores, geralmente adúlteros. Abundavam, parece, os maridos cucos e recucos.

Nas reuniões sociais jogava-se, dançava-se e ouvia-se música., O jogo de cartas preferido era o "whist", praticado com ardor, a valer dinheiro, Entre as danças, o fado ou fandango era apreciado apaixonadamente, sobretudo pelo belo sexo. "*Quanto ao entretenimento musical, diz Pohl, faltam instrumentos e falta arte para que possa ser considerado recreativo. Um piano, umnta flauta e um mau violino é tudo quanto aqui se encontra em matéria de instrumentos musicais. Todavia, não raro se ouvem cantar nessas reuniões trechos de óperas de Rossini, sem arte e sem sentimento, e um aplauso geral é a recompensa generosamente tributada ao executante.*"

Em casa do governador-geral, realizavam-se às vezes grandes bailes, e Pohl esteve em uma dessas festas. Eis como a descreveu: "*As damas aparecem todas vestidas segundo a última moda de Paris, com o que a França mais depressa pode fornecer ao Rio de Janeiro. O número de homens era pelo menos superior ao dobro das mulheres. Ao entrarem, as damas faziam uma rápida mesura, beliscavam-se mutuamente, no flanco esquerdo, segundo o costume brasileiro, em sinal de saudação; em seguida, depois de gastarem longo tempo com o arranjo de seus vestidos, sentavam-se numa longa fila de cadeiras preparadas para elas no salão, e aguardavam a dança, que começava com uma contradança. Os jovens participavam da dança, os velhos jogavam "whist" nos aposentos vizinhos. A dança alternava com canções, que eram cantadas por várias damas de maneira apenas tolerável. Nos intervalos servia-se chá, café, limonada, ponche, vinho e doces."*

Ainda em princípios do século eram assim os saraus no interior, à exceção das danças, que passaram a ser a valsa, a polca, a quadrilha, a mazurca e o schottisch.

Muito se admirou o naturalista austríaco de que tantas damas jovens e belas, como as que viu na festa do governador, se afeassem pintando o rosto em demasia, e estranhou a inclinação que demonstravam pelas bebidas alcoólicas, pois em pouco tempo esvaziaram duas garrafas de vinho Madeira e chuchurrearam todo o ponche.

Outro divertimento da cidade era o teatro.*

Num passeio a cavalo à localidade próxima de Cachoeira do Campo, aonde o acompanhara o próprio governador para lhe mostrar a real coudelaria que ali mandara construir para a remonta da tropa de cavalaria, presenciou à saída de Vila Rica, no alto das Cabeças, um espetáculo macabro, semelhante ao que havia já observado em outros lugares de Minas: no topo duma grande vara estava a cabeça dum negro espetada como advertência aos escravos criminosos. Em razão dos maus tratos recebidos, o negro matara o "sinhô" e fora enforcado. O castigo no caso consistia em decepar-lhe a cabeça e as mãos e fincá-las depois em postes à beira da estrada real.

Em Cachoeira encontrou um compatriota seu, octogenário, que havia servido quarenta anos como soldado na milícia mineira e se reformara no posto de sargento. Era muito considerado no lugar por ser o único, ali, que sabia fabricar manteiga, alimento quase desconhecido no interior. A um velho alferes, também do lugar, davam o apelido de *Curioso* porque fizera em seu pomar plantações que absolutamente não eram usuais no país: macieiras, pessegueiros, romãzeiras, laranjeiras, limoeiros, alternando com videiras, ervas medicinais, etc. Para preservar das formigas as suas plantações, cercara árvores e canteiros com regos. Desse homem laborioso dizia-se que era "esquesitão" por constituir uma rara exceção entre a indolência geral.

No início de fevereiro de 1821 partia o naturalista para o Rio de Janeiro e de lá seguia para a Europa, dando por concluída a missão de que o encarregara o Imperador Francisco I da Áustria. Na obra que deixou, *Viagem no interior do Brasil*, acham-se registradas preciosas informações de toda ordem, científicas e sociais, acerca das capitanias do Rio de Janeiro, Minas e Goiás. As referentes a Minas Gerais são dum valor documental inestimável.

1952.

* Leia-se, páginas atrás, Teatro em Ouro Preto.

APUROS DE BILAC EM OURO PRETO

Durante a revolução de 1893, Minas tornou-se o asilo de muitos fugitivos da polícia de Floriano Peixoto. O Marechal não julgara necessário estender o estado de sítio a Minas. Jornalistas e poetas, como Olavo Bilac, Carlos de Laet, Valentim Magalhães, Emílio Rouàde, Magalhães de Azeredo, e outros elementos irrequietos, que haviam fugido para cá, acharam-se à vontade no mais hospitaleiro e tranquilo campo de concentração, por eles voluntariamente escolhido. Bilac e os outros continuaram a escrever para a imprensa carioca artigos, crônicas, poesias, contos, estudos. Laet escreveu aqui o seu melhor livro, *Em Minas*.

Afonso Arinos, a quem Bilac viera recomendado, fez conduzir o poeta, em companhia de pessoa de confiança, para o casarão de uma ilustre família mineira, nas cercanias de Ouro Preto, onde o fugitivo deveria encontrar asilo seguro. Não lhe revelou no entanto o nome de quem o asilaria. Na sua obra *A Vida exuberante de Olavo Bilac,* Elói Pontes conta o caso, que hoje tem graça, mas na ocasião certamente não teve nenhuma para o poeta:

"*Olavo Bilac segue para o casarão indicado. Aí encontra hospedagem fidalga, dormitório amplo, cama larga e macia, sigilo completo. À mesa, mais tarde, depois de tão imprevisto acolhimento, não resiste:*

— Mas, enfim, quem é o patrício que tão bem me acolhe?

— Diogo de Vasconcelos, para servi-lo...

Seu primeiro impulso é meter-se em baixo da mesa. Tempo antes,por ocasião da morte de Vítor Hugo, proposto à Câmara um voto de pesar, Diogo de Vasconcelos, deputado por Minas, votara contra dizendo que, como católico, não podia admitir homenagens a adversários de sua fé. Cronista na Cidade do Rio, Olavo Bilac tinha-lhe atirado algumas flechas empeçonhadas, dizendo que, em vez de Diogo de Vasconcelos, o representante mineiro deveria chamar-se: Diogo Vais-com-sela."

Tudo se paga com juros, mesmo os maus trocadilhos. O mundo é pequeno, todas as pedras se encontram, e ali fora parar o ironista, naquele recanto de Minas, para engolir o sapo de uma humilhação. Não achara jeito nem mesmo de pedir desculpas à vítima de seu ofensivo calembour.

Bilac entrara em Ouro Preto com o pé esquerdo. Sairia de lá, depois de meses de uma permanência que teve seus encantos, em circunstâncias penosas e acabrunhantes. Tudo por causa duma rapaziada, duma brincadeira de mau gosto. Bilac, muito moço ainda e no começo da sua carreira literária, tinha o gênio boêmio e folgazão, gostava de troças e folias. No saguão do Hotel Martinelli, onde estava hospedado, era o chefe das pândegas e brincadeiras, em companhia de amigos e hóspedes alegres. O caso é que, numa noite em que era grande o número dos presentes, o poeta entendeu de se divertir à custa de um hóspede que se achava retraído em um canto, com ares pacatos e desconfiados. Dirigiu-se primeiro ao mineirão encabulado, arreliando-o com pilhérias, a ver se ele dava o cavaco. Depois, crescendo em audácia, tirou-lhe sorrateiramente a carteira e escondeu-a ali perto, à vista e sob os risos dos assistentes. Quando o hóspede, apalpando o bolso, deu por falta da carteira, prorrompeu em gritos e invectivas. Caminhou, colérico, para Bilac, chamando-lhe gatuno, batedor de carteiras, salteador. Uma criada trouxe-a então de onde se achava escondida e devolveu-a ao enfurecido hóspede. Mas ele continuou a vociferar, indignado. Os presentes já não riem: a brincadeira acabara mal. Bilac perde também a calma. Investindo para o outro, agarra-o pela gola do paletó, sacode-o com força e obriga-o violentamente a pedir perdão, de joelhos.

O incidente toma feição muito séria. O hóspede, velho fazendeiro da Zona da Mata, desaparece na manhã seguinte, espalhando-se a notícia de que se havia matado de vergonha por ter sido esbofeteado publicamente. A cidade inteira comenta o caso, com acrimônia. Forma-se um ambiente hostil a Bilac. O fazendeiro tem lá dois filhos estudantes, com os quais os colegas se tornam solidários. Há protestos indignados, ameaças de retaliações. Olavo Bilac, naquele apuro, apela para os amigos. A conselho de Afonso Arinos, escreve uma carta ao fazendeiro, em que diz lamentar o incidente, declarando, entretanto, que fica à disposição de qualquer filho ou parente que o queira desagravar,pois não quer passar por covarde. Os estudantes, porém, alvoroçados, realizam comícios e exigem a desafronta dos brios mineiros, que julgam ofendidos. O povo ouro-pretano — perorara um orador inflamado — devia expulsar o hóspede insolente e brutal, que espancara um velho pacífico e o levara por essa forma ao suicídio. A multidão de estudantes e populares dirige-se ao Hotel Martinelli e, detendo-se em frente ao estabelecimento, sobrexcitada, ululante, brada insultos e ameaças contra Bilac, rodeado de alguns amigos. Vendo as coiusas pretas, e antes que os defensores da dignidade da "família mineira" cometam algum excesso, o hoteleiro acha prudente dar saída ao hóspede pelos fundos do edifício. Um admirador acolhe-o em sua casa, cavalheirescamente.

Pela calada, nessa mesma noite, com a ajuda de amigos, o poeta foge da cidade a cavalo, a tempo de alcançar, numa estação próxima, o trem que o conduz a Juiz de Fora, onde se fixa, até que o fim da revolta permita seu regresso ao Rio.

O incidente deixou lembrança duradoura em Ouro Preto. Muito tempo depois, um dos tipos de rua mais populares da cidade, o Zé da Fé, um pobre bêbado truão, que cantava em voz alta, pelas ruas, adros e botequins, os versos satíricos que os estudantes lhe ensinavam, o Zé da Fé recitava ainda esta quadra que os velhos ouro-pretanos conhecem de memória:

> Estudantes de Ouro Preto,
> Todos vestidos de fraque,
> Foram até ao Grande Hotel
> Para expulsar o Bilac.

Profundamente magoado e ofendido com a afronta recebida em Ouro Preto, o poeta pensou em matar-se, parece. Logo, fortalecido pelo ódio, teria achado melhor vingar-se. Foi, pelo menos, o que escreveu de Juiz de Fora a Bretas de Andrade, seu amigo da velha capital mineira:

"Vê que decepção a minha: acreditava eu no que me haviam dito da hospitalidade, da bravura, da generosidade do povo de Ouro Preto; fiz a esse povo, em bem, o que pude fazer: não me pesa na consciência a recordação de uma única incivilidade praticada por mim, durante o tempo em que aí estive. — E, de repente, quando menos pensava, vi que esse povo heroico, esse povo hospitaleiro, esse povogeneroso, tinha no seu seio mais de mil covardes, mais de mil imbecis, capazes de fazer o que me fizeram. Tudo isso é tão torpe, tão pequenino, tão miserável, que, se não me alentasse o desejo de me vingar, já teria, num minuto de náusea suprema, enterrado uma bala na cabeça.

Depois da fuga de Ouro Preto, o caso ainda lhe rendera dissabores. A Folha de Barbacena insultara-o cruelmente, ao mesmo tempo que divulgava o carapetão de que o fazendeiro da Mata se havia suicidado de pesar. Outros jornais mineiros fizeram o mesmo. Por sua vez o fazendeiro tirara uma boa vingança pelas colunas de um jornal de Viçosa, declarando, num artigo melodramático, intitulado "O atentado do Hotel Martinelli, em Ouro Preto", ter sido vítima de uma quadrilha de gatunos, cujo chefe era Olavo Bilac.

Mendes Pimentel, pelo seu jornal de Barbacena — refere Elói Pontes, —comenta o fato, vituperando a conduta de Bilac. O poeta lê aquilo, indignado, quer um desforço pelas armas, lança o desafio para um duelo. Afonso Arinos intervém e apazigua os ânimos. Não há duelo. E o único meio que Bilac acha para revidar aos insultos impressos do fazendeiro é declarar, pelo Farol de Juiz de Fora, que não se arrependera do castigo que lhe infligira.

Jurara vingar-se da gente ouro-pretana. Pelos "a-pedidos" daquele jornal escrevera com fanfarrice:

"Quanto ao muito heroico povo dessa brava Ouro Preto — onde já foi rei o Coronel Teles — as minhas contas com ele se ajustarão em tempo oportuno. Reservo para esse ajuste uma publicidade mais larga e mais duradoura que a publicidade dos "a-pedidos" de jornal."

Ameaça inócua, feita num momento de irritação. Como não era para menos, esqueceu-a logo e, conforme recorda Elói Pontes na obra mencionada, em vez de retaliações, escreveu páginas literárias magníficas sobre a veneranda Vila Rica e suas relíquias e tradições.

1944.

O ROMANCE DE BILAC SOBRE OURO PRETO

Olavo Bilac estava na força da mocidade e do talento. Era a personalidade mais brilhante de uma geração impetuosa e romântica, que marcou época em nossa história literária, geração encharcada de literatura até o tutano, amante da boêmia e da estúrdia, sensível como poucas ao sortilégio da fantasia e à sedução das belas palavras.

Entre os mais notórios escritores dessa geração moça pegara a moda do romance, em colaboração. Aluísio Azevedo, já então romancista glorioso, escreveu, de parceria com seus amigos Olavo Bilac, Pardal Mallet e Coelho Neto os romances *O esqueleto* e *Paula Matos* (ou *O Monte de Socorro*). Ambos sob o pseudônimo coletivo de Vítor Leal, saídos na *Gazeta de Notícias*, então o melhor jornal do Rio. Pouco depois, outra folha carioca, o *Correio do Povo*, publicaria o romance *O crime da rua Fresca*, escrito por Olavo Bilac, Alcindo Guanabara, Aluísio Azevedo, Artur Azevedo, Coelho Neto e outros. Mais tarde, apareceriam *A cabeça que fala* e *O coração sem alma*, obras de pura galhofa, escritas por Bilac, Guimarães Passos e Pedro Rabelo. Escreveram-se ainda outros, como o intitulado Matos, Mota ou Mata?, iniciado com o primeiro número da famosa *A Semana* de Valentim Magalhães e fruto da colaboração de Aluísio Azevedo, Alfredo de Sousa, Artur Azevedo, Filinto de Almeida, Luís Murat, Urbano Duarte, Pedro Américo e o diretor da revista.

Ainda na *Gazeta de Notícias*, publicou Bilac o romance intitulado Sanatorium, no qual fixou tipos, cenas e costumes de Ouro Preto. O autor ocultava-se sob o nome de Jaime de Ataíde e distraiu-se a escrevê-lo enquanto se achava refugiado em Minas. Coelho Neto, um pouco antes, escrevera o Rajá de Pendjá, atribuindo a obra a um romancista barbaçudo, cujo retrato a Gazeta revelara ao público. Esse jornal fez o mesmo com o retrato do imaginário Jaime de Ataíde, mineiro de Bom Sucesso, traçando-lhe ao próprio tempo o perfil biográfico.

Buscamos estas informações na obra de Elói Pontes, *A vida exuberante de Olavo Bilac*. Nesta obra se refere o autor, com todas as minúcias desejáveis, ao romance Sanatorium, que a Gazeta começara a publicar com grande espalhafato. Além do retrato do fictício autor e de seu perfil biográfico imaginário, estampava o jornal uma cena do livro, desenhada por Belmiro de Almeida (pintor mineiro, depois famoso), e, logo depois de iniciado, uma carta, também fantástica, de um suposto leitor de Bom Sucesso, que se manifestava escandalizado e indignado com as inconveniências que o romancista, seu "conterrâneo" estava publicando em folhetins.

Sanatorium — orienta-nos Elói Pontes — é a história de Ouro Preto sob a invasão dos poetas e jornalistas cariocas, fugitivos da polícia de Floriano Peixoto. Quase todos eles entram no livro — em parte, romance à clef — sob nomes postiços: Olívio Bivar (o próprio autor, Olavo Bilac), Manhães de Azevedo (Magalhães de

Azevedo), Vicentim de Guimarães (Valentim Magalhães) e outros. Entram igualmente, com nomes supostos, os artistas principais datroupe teatral de Ismênia dos Santos, festejada comediante, que então alegrava a antiga capital mineira, a qual atravessava a sua fase mais florescente, justamente quando já se pensava em mudar a sede do governo do Estado para outra localidade.

"*Apesar da forma alegórica* — diz Elói Pontes — a *cidade de Ouro Preto fica bem caracterizada na descrição das primeiras páginas, sob o pseudônimo de São Bernardo, pitoresca no seu aspecto de velhice tradicional, encerrada entre montanhas brutas como em círculo de muralhas.*"

O verão do Rio — cidade semicolonial, afro-europeia, — era dos mais inclementes. A febre amarela, endêmica, ceifava milhares de vidas. Os que podiam, mesmo arrostando mil incomodidades e sacrifícios, abandonavam nessa época a *urbs* esbraseada e pestilente. São Bernardo era lugar ideal para repouso e veraneio. Seu clima serrano — o clima de Minas — tinha fama de favorável aos doentes do peito e aos esgotados em geral.

A vida no principal hotel da localidade era animada pelos grupos de hóspedes que comentavam as últimas novidades da capital do país, trazidas pelos diários recém-chegados., A revolta da Armada, chefiada por Custódio José de Melo, apaixonava os espíritos. Florianistas discutiamacaloradamente com os custodistas. Quando os ânimos se exaltavam, a voz do banqueiro da roleta punha termo aos debates: "Jogo, senhores!"

Um médico charlatão dera ao hotel o nome de *Sanatorium*. Agitava-se ali um mundo promíscuo, que o romancista fixou com traços de ironista. A cidade sonolenta desfilava também pelas páginas do romance. Ao lado de seus companheiros de exílio, Bilac introduziu personalidades fictícias — o marquês do Tijuco, barões e comendadores, damas e galãs. Descreveu um piquenique movimentado, divertidíssimo.

"*O romance — diz Elói Pontes, na obra citada, — tem traços ótimos, além das páginas propriamente de sátiras onde os personagens à clef mal se disfarçam. No Sanatorium existe uma pobre moça, Ester, clorótica, nervosa e minada pela tuberculose. Em diversos passos o romancista recorta-lhe o perfil, com ternura e lirismo comovedor. A morte e o enterro de Ester formam páginas excelentes.*"

E a seguir observa:

"*Olavo Bilac não será romancista senão depois de longo trabalho. Falta-lhe o espírito de análise. No entanto, essas páginas chegam a indicá-lo como prosador magnífico.*"

O romance, que provoca sucesso de escândalo, termina com a falência do *Sanatorium*, a fuga do médico charlatão e o fim da revolta custodista, no Rio, após a vitória de Floriano.

1944.

POBREZA DAS MINAS GERAIS

Já o escrevemos cm outra parte e não estamos dizendo nenhuma novidade: crer que Minas Gerais foi rica em outros tempos é cegueira histórica, pura ilusão, ainda não desfeita totalmente. Só Minas? Todo o Brasil, no passado, foi a "morada da pobreza". A expressão acha-se nas *Notícias Soteropolitanas e Brasílicas*, de Vilhena, que qualificou os habitantes da Bahia — então a segunda, senão a primeira cidade da Colônia em riqueza, — como uma "congregação de pobres", excetuados os grandes comerciantes e alguns senhores de engenho e lavradores que alardeavam mais do que possuíam. Caio Prado Júnior, em sua obra *Formação do Brasil Contemporâneo,* no capítulo referente à vida social e política da Colônia, glosa aquelas expressões de Vilhena e aduz o seguinte, em nota:

"*A pobreza da população colonial é testemunhada não só pelo depoimento de todos os observadores contemporâneos, mas hoje ainda pelos escassos e miseráveis vestígios que nos legou. Onde as construções, os objetos, todo esse aparelhamento que uma sociedade mesmo medíocre deixa sempre atrás de si? Nada ou quase nada possuímos de uma época que não está ainda a século e meio de nós; e o que ficou é em regra um pobre testemunho*".

O quadro, aí o temos, é o mesmo para todo o país. Mas, e a imensidade de ouro e diamantes, extraída do solo das Minas Gerais? Aonde foi parar tanta riqueza? A unhas alheias, como é bem sabido. Aqui não ficou. Pouco aproveitou a Minas, ao Brasil e a Portugal. O ouro foi drenado para a Inglaterra, de conformidade com o tratado de Methuen, e segundo a opinião (sem dúvida incomprovável) de sisudos historiadores da Economia, teria originado naquele país a revolução industrial, a era do maquinismo.

Da tão apregoada opulência das Minas restam alusões, muitíssimo exageradas, ao luxo dos costumes mineiros no século XVIII e parcos vestígios nos templos de Ouro Preto, São João e Sabará, aindaassim inferiores ecm grandeza e beleza aos da Bahia, do Rio e do Recife.

Desfeita a miragem do ouro, podiam aplicar-se aqui as palavras do historiador Diogo do Couto acerca do ouro que os Portugueses, com imensas fadigas, iam buscar na Índia: "... parece que este dinheiro da Índia é excomungado, porque não luz em nenhum de nós... veio por canos infernais e por lá se torna a ir".

Os colonizadores espanhóis tiveram as mesmas desilusões na América, cristalizadas logo num provérbio: "*Una mina de platatraemiseria: uma de oro, la ruina*". Burton menciona-o no seu livro de viagens aos planaltos centrais do Brasil, e diz, aplicando-o ao nosso caso: "Na moderna Minas o provérbio espanhol é enfaticamente verdadeiro."

Já o autor anônimo do *Roteiro do Maranhão a Goiás* havia escrito "... as *Minas são a ruína de Portugal, e o ouro a perdição das Minas"*. De Antonil a Burton não faltam depoimentos pessimistas. Exagerações? Concedamos que neles se encontre meia verdade. A outra meia deve achar-se no balanço dos benefícios e malefícios da extração aurífera e diamantífera.

Não se podem ocultar os resultados favoráveis: caminhos abertos, povoamento e civilização do território mineiro; comércio com outras partes do país; aumento da população brasileira; formação de uma minoria senhorial, acomodada e polida, donde procedeu a casta mandante dos coronéis e bacharéis; além de outras derivações econômicas e sociais.

A conta dos males cifrou-se em desordens e atropelos, crises de fome, alvorotos de régulos insolentes, revoltas de negros duramente explorados, rebeliões contra o fisco e o abuso dos estancos, repressões violentas das autoridades, licenciosidade dos costumes e, enfim, riqueza fugaz de alguns, acompanhada de penúria geral, incúria e indolência.

Logo nas duas primeiras décadas da afluência do ouro verificam-se três crises de fome. Ninguém cuida de plantar e criar. Todos querem enriquecer rapidamente e voltar para o torrão natal. Roças, poucas e más, e mesmo assim mais seguramente rendosas que as lavras. A fome provoca despovoamentos, em 1698, 1700 e 1713. Come-se o que se encontra: gatos, cães, ratos, gaviões, mel de pau, raízes, frutas do mato e até o chamado "bicho-da-taquara", um lepidóptero que só secomia vivo, pois morto era veneno. Bom petisco, talvez, mas perigoso,segundo se dizia.

Sobre esse hábito alimentar indígena ficou um depoimento curioso, que vem reproduzido na obra da doutora Mafalda P. Zemella, *O Abastecimento da Capitania das Minas Gerais no Século XVIII**. Trata-se duma carta de autor desconhecido, existente em um códice da Biblioteca Municipal de São Paulo. Referindo-se ao Ribeirão do Carmo na época da carestia, diz o missivista:

"*Era tal a falta de mantimentos, que se vendia no Ribeirão um alqueire de milho por 20 oitavas e de farinha por 32, o de feijão por 32; uma galinha por 12 oitavas, um cachorrinho ou gatinho por 32; uma de fumo por 5 oitavas e um prato pequeno de estanho cheio de sal por 8. E tudo mais a este respeito, por cuja causa e fome morreu muito gentio, tapanhunos e carijós, por comerem bichos-de-taquara, que para os comer é necessário estar um tacho no fogo bem quente, e aliás vão botando os que estão vivos e logo bolem com a quentura que são os bons, e se se come algum que esteja morto, é veneno refinado.*"

Novas e mais ricas ocorrências de minério aurífero suscitaram outras entradas de aventureiros. E pouco a pouco se regulou o abastecimento da Capitania. Desaparecera o perigo da fome, mas tudo se vendia por preços altíssimos. Havia já, é certo, não só o necessário, como o supérfluo, para quem podia pagá-lo. As suadas oitavas de

* Tese de doutoramento apresentada à Cadeira de História da Civilização Brasileira da Faculdade de Filosofia, Ciências e Letras da U. S. P., São Paulo, 1951, p. 223.

ouro, produto das penas e canseiras do trabalho das lavras, consumiam-se em instantes nas mãos espertas dos regatões e mercadores, ou nas dos ávidos estanqueiros da carne, da aguardente e do tabaco.

Em 1720, os mineradores mais poderosos estão endividados até as orelhas. Estoura o motim fiscal contra o governo do Conde de Assumar. De 1730 a 1750, as lavras auríferas alcançaram seu máximo rendimento, e logo decaem. É um espetáculo desanimador o que observa e registra o autor das *Considerações sobre as duas classes mais importantes de povoadores de Minas Gerais*, atribuídas a Vieira Couto. O viajeiro, lê-se nesse documento, transita de arraiais em arraiais, e só vê ruína e despovoação. Poucos os lugares que ainda encontra, de longe em longe, animados. Os habitantes desses lugares, "uma gente degenerada de costumes", gente de cor, descendente de escravos, vive do furto ou da esmola. Os filhos dos antigos e ticos mineradores, caídos em pobreza, ocultam-se nas roças: os arraiais, fundados para a mineração, não os podem já sustentar.

A circunstanciada "Instrução" do desembargador Teixeira Coelho não deixa a mínima dúvida sobre a lamentável situação da Capitania, em 1780. Resume-se em poucas palavras: desorganização econôómica, ruína, indolência e pobreza. E qual a causa primeira da conjuração de 1789? O temor da "derrama", que os mineiros não tinham meios de pagar. Em que período do século do ouro e diamantes se conheceu então a verdadeira riqueza? Só com vidros de aumento poderá ser enxergada.

Ninguém se vexa hoje de reconhecer que o Brasil não é aquela terra da abundância, exaltada pela fantasia de Vaz Caminha, frei Vicente do Salvador, Rocha Pitta, Afonso Celso... Vemos as coiusas, agora, com melhor critério julgador, sem qualquer intenção depreciadora, mas libertados já do ingênuo otimismo das gerações passadas, que se entusiasmavam com opulências e maravilhas mais imaginárias que reais.

O Prof. Alfredo Ellis Júnior, no seu prefácio à obra da doutora Mafalda P. Zemella, mencionada acima, condenou, como bom historiador que é, toda falsificação do passado, ao gosto do "*mefítico e mentiroso espírito de meufanismo",que "tem narcotizado a alma e a psicologia do brasileiro, adulterando a sua História*".

É difícil não concordar com a justeza desse juízo. Mas há os que preferem viver enganados.

1951.

PRIMEIROS PRELOS MINEIROS

José Pedro Xavier dao Veiga, principal organizador e animador dos estudos históricos em Minas Gerais, enalteceu em trabalho muito conhecido* a personalidade do Padre José Joaquim Viegas de Meneses, atribuindo-lhe a prioridade da primeira impressão feita no Brasil após a destruição, por ordem régia, da tipografia que Antônio Isidoro da Fonseca fundara no Rio de Janeiro em 1747. A impressão em referência era um opúsculo de 14 páginas, encerrando o Poema ou Canto-panegírico escrito pelo Dr. Diogo Pereira Ribeiro de Vasconcelos em honra do Capitão-General Ataíde e Melo, governador da Capitania de Minas Gerais. A rogo deste, o Padre Viegas de Meneses encarregara-se de imprimir o Poema depois de gravá-lo em talhe doce. Abrira a buril a chapa do frontispício (ilustrado com os retratos do Governador e sua esposa) e as dos dizeres do texto, construíra um rudimentar torculo de madeira e preparara a tinta e tudo o mais que era preciso para a impressão, levada a cabo em 1807, um ano antes de se estabelecer no Rio de Janeiro a Imprensa Régia. Hábil artista do desenho e do buril, o Padre possuía conhecimentos teóricos da arte de imprimir, cuja prática havia observado na Régia Oficina Tipográfica, Calcográfica, Tipoplástica e Literária, de Lisboa, quando estivera no Reino. Naquela oficina imprimira-se em 1801 a tradução por ele feita do *Tratado da gravura a talhe-doce e a buril, e em madeira negra, com o modo de construir as prensas modernas e de imprimir em talhe-doce*, de autoria de Abraão Bosse, um dos grandes ilustradores franceses da segunda metade do século XVII.

A tiragem do Poema fez-se a contento, com os retratos bem desenhados e as letras regulares e nítidas imitando perfeitamente as fundidas. Era uma impressão calcográfica, tabulária, não uma impressão tipográfica. Xavier da Veiga bem o sabia. Entretanto, afirmou que era o primeiro trabalho de imprensa (palavra ambígua) executado no Brasil depois de 1747, o qual iniciava aqui a nova e definitiva fase da publicidade pela tipografia. Afirmou-o, ao que parece, pelo gosto de atribuir essa glória a um conterrâneo.

A imprensa com caracteres móveis, a tipografia, surgiu em Ouro Preto três lustros depois, numa dupla e diferente iniciativa, particular por uma parte e oficial por outra. Em abril de 1822, o Príncipe Regente D. Pedro concedeu permissão ao português Manuel José Barbosa para ter em Ouro Preto uma oficina tipográfica cujos utensílios eram todos feitos por oficiais daquela cidade. Segundo Xavier da

* *A imprensa em Minas Gerais (1807-1897)*, in "Revista do Arquivo Público Mineiro", Ano III, 1898, p. 169-239, seguido de O fundador da imprensa mineira (*Padre José Joaquim Viegas de Menezes*), p. 240-249.

Veiga, o Padre Viegas de Meneses teria animado e ajudado Barbosa no seu empenho de instalar a primeira tipografia em Minas. Guiado pelo Padre (é ainda o citado historiógrafo que informa), aquele reinol empreendedor, chapeleiro e sirgueiro de profissão, mas grandemente curioso das artes mecânicas, teria fabricado ele próprio as matrizes dos tipos que depois fundiria, construindo também uma tosca prensa de pau e fazendo os demais utensílios indispensáveis ao funcionamento da improvisada oficina.

Conhecem-se dois curiosos requerimentos endereçados ao Ministro do Império por Manuel José Barbosa, nos quais pedia a isenção de serviço militar para os operários de sua oficina que haviam sido recrutados. Alegava que a única tipografia prestável ao serviço público na Província era a dele, aprontada a expensas particulares e que merecia o epíteto de Patrícia pelo emprego de letra e máquinas fabricadas no próprio lugar. O requerente atraíra oficiais, dizia textualmente, "*que aprontaram não só a dita tipografia, mas pelo arranjo de caixas e matrizes habilitaram o estabelecimento para progredir independentemente de letra importada de fora da Província e até para ramificar-se em diferentes outras tipografias quando depurado o chumbo que existe em diferentes minas, especialmente a da galena de Abaeté; habilitou compositores e aprendizes, extraídos da mocidade ali existente, e sem que houvesse praticado noutra tipografia regular, e enfim autorizado por V. M. I. pelo documento junto, chegou ao ponto de prestar-se ao aviamento de dois periódicos regulares, e de diferentes manuscritos*". Nisso aparece a autoridade e arrebanha os seus jovens artífices, arrolando-osnas milícias do governo, sem contemplações, como se fossem outros tantos filhos do Leonardo Pataca.

Xavier da Veiga, no trabalho citado, parece movido por certo parti pris de historiador provinciano, comum naquele tempo de ufanias nacionais e locais. Primeiro, demonstra que é capaz de distinguir entre calcografia e tipografia. Depois, baralha as duas coisas. Sua província, diz, pode ufanar-se "*por ter sido, após a régia destruição da tipografia de Antonio Isidoro da Fonseca, em 1747, no Rio de Janeiro, o primeiro lugar do Brasil em que ressurgiu a imprensa (1807), um ano antes da tipografia mandada estabelecer pelo Príncipe Regente no Rio de Janeiro*". Deixou entender (e assim o entenderam muitos, equivocadamente) que o Poema gravado e estampado pelo Padre Viegas constituiu um elo na história da tipografia no Brasil.

Outra confusão é a que considera a Patrícia a primeira oficina tipográfica instalada em Vila Rica. Entretanto é o próprio Xavier da Veiga quem nos diz que, alguns meses antes de ser autorizado o funcionamento da oficina de Manuel José Barbosa, havia o governo da Província instalado uma pequena tipografia, denominada com algum exagero Nacional. Não correspondera porém ao que dela se esperava e por esse motivo se achava fechada quando Barbosa se dirigiu ao Ministro do Reino. Pouco tempo depois ressurgiria com o nome mais adequado de Provincial, sob a administração do major Luís Maria da Silva Pinto, goiano de nascimento. E essa tipografia também tinha tipos fundidos em Vila Rica.

Os dois periódicos mencionados por Barbosa eram o *Compilador Mineiro* e a *Abelha do Itaculumy*, os primeiros aparecidos em Minas Gerais. Em outubro de

1823 saía o *Compilador*, pequenino trissemanário, em formato almaço, como quase todos os jornais brasileiros da época. Em janeiro do ano seguinte vinha substituí-lo a *Abelha*. No seu artigo de apresentação, ufanava-se esta folha de que os materiais da Tipografia Patrícia, de Barbosa & Cia., onde era impressa, tinham sido construídos ali mesmo em Ouro Preto, "*sem modelos e sem outra direção que o achado em alguns livros*".

Nessa humilde tipografia — a primeira fundada em Minas, se éque a primazia não cabe à citada Nacional, ou, como parece mais provável, a ambas a um tempo, — imprimiram-se em 1824, numa brochurinhade algumas páginas, as *Trovas Mineiras* do Padre Silvério da Paraopeba, poeta satírico de certa nomeada em seu tempo. Vimos essa raridade, de que não conhecemos referência em nenhum repertório bibliográfico, em mãos dum colecionador, há bastante anos.

A proeza dos proto-impressores de Ouro Preto é encarecida com razão pelos historiógrafos mineiros. Mas o fato não era raro na América, sobretudo na Espanhola, onde a tipografia madrugou. Em 1700 — por lembrar só este caso — montava-se na redução de índios de Nossa Senhora de Loreto (território argentino das Missões) uma rústica tipografia onde se imprimiu naquele ano *El martirologio romano*, primeiro livro que viu a luz no Vice-Reinado do Rio da Prata. Era uma singela tipografia, a primeira nessa parte da América, em que o prelo, os tipos, as pranchas e demais petrechos tinham sido aprontados por mãos de índios, adestrados e orientados por pacientes jesuítas.

Nem foi raro o fato no Brasil, nem único em Minas.

Um moço ourives do Tijuco, Manuel Sabino de Sampaio Lopes, nunca havia saído do seu recanto mineiro, no coração da outrora lendária região dos diamantes. Jamais vira — a afirmativa corre por conta de J. Felício dos Santos, autor das *Memórias do Distrito Diamantino*, — jamais vira letras ou prelos de imprimir e não possuía qualquer noção de arte tipográfica. Era porém um apaixonado liberal e tinha a intuição de que a arma invencível do liberalismo se achava na imprensa. Com esta ideia, o moço entusiasta — a mocidade acha tudo fácil, às vezes com razão, — pensou na criação dum periódico, a fim de combater o despotismo de Pedro I.

Onde e como publicá-lo?

Em Minas só se conheciam naquele tempo — 1828 — três pequenas tipografias: duas em Ouro Preto e uma em São João del Rei. Era tremendo o óbice. Manuel Sabino bem que o sabia. Mas o que um homem hábil faz, teria ele dito de si para si, outros homens hábeis podem fazê-lo. Afinal de contas, fundir tipos de chumbo ou fundir ouro não era tudo a mesma arte de fundir metais? Acaso ouvira contar que Gutenberg, membro duma corporação de ourives, aprendera com os moedeiros a arte de abrir matrizes a punção e com os medalhistas a de fundir uma liga de metais em moldes previamente preparados.

O certo é que, auxiliado por outro moço, seu conterrâneo e também ardente patriota liberal, conseguiu o ourives Manuel Sabino fundir tipos e apetrechar da melhor forma possível uma oficinazinha na qual pôde imprimir o *Eco do Sêrro*, primeira folha periódica publicada na comarca diamantina.

Conta mais J. Felício dos Santos que, por uma admirável coincidência, ao mesmo tempo em que Sabino fundia tipos no arraial do Tijuco, hoje Cidade Diamantina, não longe dali, no arraial do Itambé da Vila do Príncipe, Geraldo Pacheco de Melo, outro ourives patriota, alheio igualmente aos segredos da arte de Gutenberg, realizava com bom êxito o aparelhamento duma tipografia destinada à impressão duma folha periódica, havendo fundido ele próprio a letra de composição e apetrechado o que era preciso para a consecução do seu propósito. Nessa oficina seria publicado logo depois, para tomar parte nas agitações políticas de 1831, *O Liberal do Sêrro*.

Tentativas como essas pertencem à idade heroica da imprensa em Minas, que aliás coincidiu com a de todo o Brasil, onde foi tardiamente implantada, pelo horror que as autoridades absolutistas de outros tempos votavam às *letras de imprimir*.

1946.

ORIENTALISMOS EM IGREJAS MINEIRAS

Quem visita Sabará e percorre a Matriz de Nossa Senhora da Conceição e a capela de Nossa Senhora do Ó, tem a sua atenção voltada especialmente para as pinturas em estilo chinês que se admiram nesses dois templos. No interior da Matriz é objeto de natural curiosidade a famosa "porta de Macau", assim chamada, toda em laca vermelha e com desenhos em laca dourada. E a que fica ao lado de quem entra para a sacristia. Donde veio, ou quem a pintou? Veio de Portugal, como vinham tantas coiusas, até materiais de construção, ou chegou aqui diretamente da China? Foi pintada no lugar por algum artista asiático? Ninguém sabe responder. Diz-se que um rei de Portugal, ou algum devoto reinol enriquecido em Minas, a teria remetido da Metrópole para ornamentar aquele templo.

Mas não é a única ali. No lado oposto há outra porta em estilo chinês, como a "de Macau". Sua origem tem a mesma explicação?

E como se explicariam os curiosos painéis chineses, impressionantemente belos — apesar dos fortes estragos do tempo —, que se admiram na brasileiríssima (ou portuguesíssima, o que dá na mesma) capela de Nossa Senhora do Ó? E não é só nos dois templos de Sabará que se notam traços de arte oriental. Em alguns outros são também observados.

Remeto o leitor ao interessantíssimo trabalho que a senhora Eugénie Miller Brajnikov publicou na *Revista da Universidade de Minas Gerais,* N.º 9, Maio de 1951. Intitula-se *Traces de l'influence de l'art oriental surl'art brésilien dudébut du XVIII* siècle", e — o que lhe aumenta o interesse — está enriquecido de oito ilustrações da própria autora, que é uma distinta artista pintora e parece conhecer bem a arte do Extremo Oriente. O trabalho merece a maior atenção dos estudiosos ou mesmo dos simples curiosos do assunto, sobre o qual até aqui nada se havia escrito de proveitoso, ao menos que nos conste.

A autora não se refere unicamente às pinturas de estilo chinês existentes em templos de Sabará, Mariana e Catas Altas. Alude, ainda,a prováveis influências da arquitetura chinesa em construções da época diz a colonial em Minas Gerais. Desde a sua chegada a Minas– diz a Autora — feriu-lhe a atenção certa ar de semelhança entre a nossa arquitetura daquele tempo e a arquitetura chinesa. Um traço comum a intrigou: o encurvamento dos telhados de algumas igrejas e casas mineiras do século XVIII. A princípio não viu explicação para o fato, mas logo se convenceu de que a influência chinesa poderia efetivamente ter-se efetuado por intermédio dos colonos portugueses. Por que não? O contato dos Portugueses com a China era então muito íntimo. A colônia lusitana de Macau, estabelecida três séculos antes, era próspera e rica. E havia ainda outros caminhos para a penetração aqui da influência asiática, na qual as grandes ordens monásticas, notadamente a dos jesuítas, teriam representado importante papel. Eis o que se frisa no trabalho a que estamos aludindo.

A senhora Brajnikov aventa uma hipótese acerca dos telhados ao modo chinês: esse traço arquitetônico teria sido criado provavelmente em São Paulo pelos jesuítas e transmitido em seguida a Minas Gerais. Criado em São Paulo? A hipótese parece-nos insustentável. Não se conheciam então telhados nesse estilo em Portugal e suas colônias africanas? E os mesmos telhados encurvados que existem em outras partes da América?

A penetração da arte oriental na arte portuguesa, com reflexos compreensíveis no Brasil, não constituiu fato especial. A Europa do século XVIII nutriu grande admiração por tudo quanto era chinês. A China, precisamente nesse século, alcançava extraordinário grau de cultura e prestígio. Pintura, móveis, porcelanas, papel de paredes, chá da China, seda, era tudo muito apreciado pelos Europeus. O gosto das *chinoiseries*, que Mme. de Pompadour tanto ajudou a incutir nos franceses, conduziu os artistas do tempo de Luís XV a imitar as lacas e vernizes da China e do Japão e deu em resultado uma admirável transformação decorativa bem característica dessa época.

A influência da arte oriental foi sensível em toda a América hispana. Não propriamente através da Espanha para as suas colônias colombinas, mas, na maioria dos casos, diretamente da Ásia, cruzando a América, para chegar até à metrópole espanhola. Os Espanhóis de Acapulco, no México, realizaram os primeiros desembarques na Califórnia, ocuparam as Filipinas, visitaram o Japão e estabeleceram rotascomerciais para a China e a Índia. O histórico "galeão de Manila!" carregava para o porto de Acapulco, todos os anos, grande quantidade de objetos orientais importados, jarrões e vasos de porcelana, armas, lacas, marfins, biombos, "mantones de Manila", louças finas, especiarias, delicados trabalhos de metal, etc. Essas preciosas mercadorias seguiam em lombo de burro, durante vinte dias, através do território mexicano, para o porto de Veracruz, onde eram reembarcadas para a Espanha. Para o Oriente exportavam-se da Espanha vinhos, azeites e lãs, pela mesma via, de torna-viagem, junto com os couros, os corantes e a prata cunhada do México. Durante dois séculos, Acapulco mereceu o título que lhe deu o geógrafo Humboldt: "*a mais famosa feira do mundo*". (*)

Esse ativo intercâmbio com a Ásia devia forçosamente influir, não só no México, senão também ao longo de toda a costa ocidental. Mario J. Buschiazo, em trabalho intitulado Influencias exóticas enel arte colonial, saído em "La Prensa" de Buenos Aires, edição de 29 de abril de 1945, alude a essa via de penetração e refere que, segundo é tradição, artífices chineses, indus e japoneses trabalharam na América, se bem seja difícil dizer em que quantidade, pois adotavam nomes espanhóis.

Outra via de penetração, diz Buschiazo, foi a das missões franciscanas e jesuítas que, depois de permanecerem na China e no Japão, vieram ter à América. Quanto à

* O barroco, esplendorosamente desenvolvido no Novo Mundo, diz o Marquês de Lozoya, "ama o exotismo e gosta das formas que se afastam dos cânones europeus". Tudo isso está ao alcance das suas mãos na América, "sem mais que copiar os motivos ornamentais dos velhos monumentos pré-hispânicos". E diz mais o citado crítico espanhol: "*O influxo do Extremo Oriente, decisivo no último barroco europeu, é na América muito prematuro através das porcelanas, das sedas bordadas e dos marfins esculpidos que o "navio de Acapulco" trazia das Filipinas, e se derramavam por todo o continente." (El legado de España a América, Madrid,* 1954, Capítulo "Arte"). — NOTA DE 1956.

profusão de pormenores orientais em obras de arte hispano-americanas é muito grande, segundo o autor citado. Lembra ele, em primeiro lugar, as torres, em estilo oriental, da igreja de Tasco, situada a meio do caminho entre Acapulco e Cidade do México. Análoga influência é observada em Querétaro, na Colegiada de Santa Rosa de Viterbo, cuja torre recorda os pagodes, assim como nos botaréus que ostentam influências chinesas, incorporadas ao barroco. No convento de Coixtlahuaca há um friso formado por cabeças de dragões, e a suntuosa catedral de Guatemala, a Velha, tem numerosos nichos cheios de santos, que evocam as fachadas de templosindus. Na escultura também aparece o orientalismo. J. Gabriel Navarro (*La escultura enel Ecuador*), estudou a *manera chinesa* com que os entalhadores de Quito davam reflexos metálicos às suas esculturas. Outros observaram santos com fisionomias asiáticas, e elefantes, acompanhados de rinocerontes, em pórticos de igrejas, assim como dragões marinhos rodeando divindades mascaradas, como se veem em templos da Birmânia, de Java ou do Ceilão. Nas artes industriais sobram exemplos: as grades do coro da catedral do México, feitas em Macau; o pálio chinês da catedral de Guadalajara; desenhos e vinhetas chineses em livros mexicanos; certos motivos da louça de Puebla, etc.

Toda a América sentiu a influência asiática. Sem excluir os Estados Unidos. A louça chinesa abundava lá. A casa Vernon, em Newport, tem desenhos chineses em suas paredes.

Mario J. Buschiazo fala também das torres levantadas à maneira chinesa e das pinturas em laca vermelha da capela sabarense de Nossa Senhora do Ó, assim como de outros indícios de influxo oriental, notados no Rio de Janeiro, na Bahia e até em Assunção, do Paraguai. "*Nestes casos* — explica — *a contribuição oriental provinha* de segunda mão, via Portugal, que à sua vez a recebera de suas colônias africanas e asiáticas. Vem a ser a segunda etapa do famoso "influxo marítimo", que deixou em Portugal vincos tão curiosos como a abóbada dos nós, em Vizeu, ou o rinoceronte esculpido na torre de São Vicente, perto de Belém."

Esta explicação de Buschiazo parece-me aceitabilíssima. Salvo mais segura opinião.

1951.

JUSTIÇA PARA O CONDE DE ASSUMAR

Arguiram-me de injusto com Diogo de Vasconcelos num artigo que escrevi sobre Teófilo Feu de Carvalho. Injusto por omissão. Ao realçar a importância dos trabalhos em que Feu esclarecera o verdadeiro sentido da sedição de Vila Rica em 1720, eu omitira a primazia que tivera Diogo de Vasconcelos no esclarecimento desse sucesso histórico. Na *História Antiga das Minas Gerais e na História Média*, do nosso insigne historiador, já se achava perfeitamente caracterizada a sedição, com juízos certeiros, exatos, acerca dos sediciosos, do Conde de Assumar e de Filipe dos Santos. Feu de Carvalho chovera no molhado. Não fora também senão um dos muitos repetidores de Diogo aos quais eu me referira com certo desdém. Tal a arguição, em resumo.

Arguição improcedente. Não se tratava de examinar primazias no caso, nem o meu pequeno artigo permitia dar maior extensão a uma parte que era incidental e não a principal no assunto nele abordado. Só por exiguidade de espaço, na verdade, deixei de me referir a Diogo de Vasconcelos. Foi melhor assim, porque o farei agora menos rapidamente.

Poucas obras me são mais familiares que as de Diogo de Vasconcelos, historiador de alto voo e escritor admirável, dono da melhor prosa que já se escreveu em Minas, prosa plástica e castiça, muito do meu agrado, parecida um pouco com a de Herculano e outro pouco com a dos nossos velhos cronistas, entre os quais a do saborosíssimo Antonil da *Cultura e Opulência do Brasil* por suas drogas e minas.

A parte da *História Antiga das Minas Gerais* relativa ao levante de Vila Rica contra o Conde de Assumar é uma síntese perfeita, realizada com lúcido senso dos acontecimentos e sábio juízo. Isso porém não quer dizer que se esgotou ali o assunto, sobre o qual muito havia ainda que pormenorizar, esclarecer e acentuar, como há sempre em tais matérias.

Foi o que fez depois Feu de Carvalho. Numa obra de análise crítica e intento polêmico — *Ementário da História de Minas: Filipe dos Santos Freire e a Sedição de Vila Rica, 1720* —, obra solidamente documentada, pormenorizou, esclareceu e acentuou a realidade dos fatos expostos pelo Mestre, e ainda elucidou outros que permaneciam obscuros ou eram mal interpretados, A obra era oportuna, pois os fantasiadores da história mineira continuavam a escrever, com exageros crescentes, que a sedição fora autonomista, o Conde um déspota feroz e Filipe dos Santos um bonito herói, protomártir da Independência, tudo entretecido num quadro pseudo-histórico, falsificado em todos os seus planos e valores.

Para os que almejam saber como os fatos realmente se passaram (ambição que a História, na verdade raramente consegue satisfazer), para esses, trabalhos como os de Feu de Carvalho são estimados como preciosos. É certo que nada têm de poéticos; ao contrário, quebram o encanto das belas histórias que o povo ama. Por essa razão provocam o desprezo e o desgosto naquelas pessoas que querem a História tratada poeticamente e não em forma científica.

Coube ao Conde de Assumar, na governação das Minas do Ouro, uma função antipática: a de estabelecer a ordem no seio duma população que não conhecia a lei nem a justiça, abandonada ao arbítrio e à prepotência dos mais afoitos. Por haver imposto a lei, com rigor e violência, incorreu na ira de todos, Paulistas e Portugueses, e adquiriu o título de tirano nas Minas.

Qual era o quadro social das primeiras povoações mineiras, ao tempo da luta pela implantação da autoridade? Não era um quadro, era uma fermentação. Para figurá-la, leia-se a segunda parte da *História Antiga das Minas Gerais*. As vilas recentemente criadas, como o Carmo, a Rica, a Real (Sabará), São João del Rei, São José, Príncipe (Serro), Nova da Rainha (Caeté) e Piedade (Pitangui) não passavam de improvisados acampamentos ou arraiais de mineradores, compostos de gente adventícia e infixa, de ânimo aventureiro, vinda de São Paulo, do Reino, da Bahia e outras partes, cuja preocupação era enriquecer depressa e voltar aos pagos. Não havia senão cafuas. A população negra escrava excedia em muito a branca e a do elemento forro de índios, mestiços e pardos. Havia 35.000 cativos negros nas vilas, em 1719. Famílias, poucas. Os primeiros primogênitos da Capitania mal se aproximavam da maioridade. Fome de ouro, cobiça, costumes livres, moral relaxada, paixões em tumulto, ausência de repressão. Clérigose religiosos davam os piores exemplos: entrados nas terras auríferas sem licença de seus superiores, vendiam sacramentos, contrabandeavam o ouro, escandalizavam e perturbavam as populações, Negros fugidos enquistavam-se ecm quilombos. Depois da guerra dos Emboabas, os paulistas se desmandavam ecm Pitangui; os reinóis, em Vila Rica e calhures. O pior era que o ouro já escasseava e muitos mineradores, outros opulentos, estavam endividados até as orelhas. As Califórnias duram pouco, segundo a frasco de Ribeyrolles.

Os primeiros governadores, que vieram ensaiar seu exercício nesse meio selvático, tiveram que sofrer vícios e tolerar abusos. Veio então um homem de fibra, carreira feita nas armas, o austero e enérgico D. Pedro de Almeida, honrado pouco depois com o título de Conde de Assumar. O ex-comandante do exército português na guerra da sucessão na Espanha, descendente da ilustre estirpe dos Almeidas, decantados nos "Lusíadas", achou-se em terríveis dificuldades que não eram para ser resolvidas com habilidade militar e sim com muito jeito político. "Este governo, escrevia o conde ao Rei, não é governado por Vossa Majestade, nem pelos governadores, como executores de suas reais ordens, senão pela Divina Providência, a cujo poder nada se limita."

Os Paulistas, rebelados em Pitangui, deram-lhe muito que fazer. A princípio, usou de brandura, a ver se podia "domar aquelas feras". Em vão. Foram tantas as tropelias e barbaridades cometidas por "aqueles bichos do mato", como os conceituava, que D. Pedro acabou não tendo outro remédio, senão recorrer à força. Escrevia então à Câmara de Pitangui:

"*Desejei nesta ocasião, se me fora lícito, usar dos mesmos meios dos Paulistas para assassinar a todos, porque são a mais vil canalha de vassalos, que El-Rei tem*".

E os clérigos? A questão principal era correr com eles das Minas. Além de simoníacos e viciosos, andavam a pregar pelos púlpitos que os vassalos de Sua Majestade não tlinham a obrigação de contribuir com as taxas e fintas exigidas pela Coroa. Tendo-se D. Pedro queixado ao Bispo, foi-lhe respondido que apontasse os de mau procedimento, ao que o governador redarguiu que seria tarefa dificultosa distinguir uns dos outros: "*Quanto a mim, dizia, não há frade, que venha às Minas, que não seja para usar da liberdade que em seus conventos está proibida.*"

Em Vila Rica, os reinóis, que não suportavam autoridades probas e severas e procuravam esquivar-se ao pagamento do quinto do ouro, levantaram o povo contra o Conde ec quase o enxotaram do território mineiro. O governador buscou contemporizar, mas viu-se afinal obrigado a usar da última extremidade: prendeu os cabeças do motim, ateou fogo às cabanas do principal e, não podendo vingar-se no mais poderoso, castigou com a pena de morte o mais fraco. Fizera justiça sumária — e de mais a mais contra Portugueses — atropelando as fórmulas da lei, e por isso houve de se justificar perante o soberano. Exagerou os acontecimentos e falou em crime de lesa-majestade, ao afirmar que no maior dos cabeças se descobrira o intento de formar uma república, expulsando-se dela o governador e todos os ministros do Rei e não se tornando a admitir outros que se mandassem. O próprio Conde, só por se explicar, inventava assim a balela de um levante contra o domínio da Metrópole, como bem o demonstrou Diogo de Vasconcelos. A segurança das instituições é o pretexto que as autoridades invocam sempre para justificar certos excessos.

Depois disso, as Minas sossegaram e a tarefa dos sucessores de D. Pedro achou-se de certo modo facilitada. Diogo de Vasconcelos fez-lhe inteira justiça, na História Média de Minas Gerais:[1]

"*O melhor monumento que dele ficou em Minas ainda subsiste, felizmente intacto, — é o poder público, elemento essencial e único de que se desenvolveu a ordem, princípio de todo nosso progresso.*"

Ao Conde ficou-se também a dever a proposta para a criação da capitania independente de Minas, então unida à de São Paulo, e, mais ainda, o alargamento de seu território, graças à tenaz e vitoriosa luta que moveu contra a dominação exercida pelo régulo Manuel Nunes Viana sobre a região do Rio das Velhas. Veja em Afonso de E. Taunay:

"*A Dom Pedro de Almeida Portugal, incomparavelmente mais que a qualquer outro, cabe o enorme recuo da fronteira baiana da zona de Sabará para o Rio Verde*"[2]

Na História Média, de Vasconcelos esclarece-se a nacionalidade de Filipe dos Santos Freire, rancheiro em António Dias, português de Cascais, que abandonara a mulher cm Portugal, havendo ordem do Rei para que voltasse a fim de fazer vida de casado com ciaela, e fosse preso, caso não quisesse ir por bem.

1) Imprensa Oficial de Minas Gerais, Belo Horizonte, 1918, p. 276.

2) História Geral das Bandeiras Paulistas, Tomo X, São Paulo, 1949,p. 37.

O que mais vexava os mineradores eram os tributos cobrados pela Coroa, causadores da geral irritação contra o governo. Entretanto o famoso quinto do ouro nada tinha de extorsivo, ao contrário do que se assevera. Representava vinte por cento, dos quais se deduziam oito a título de gastos da produção, de modo que mineiro vinha a pagar somente doze por cento. Lê-se na mencionada *História Média de Minas Gerais*:

"*Sua Majestade dava ao mineiro a lavra, sem lhe custar a este mais que pedi-la, e mandava fornecer a ele mineiro os operários, que vinham da África, a preços quase de cavalo. O triste negro, como se sabe, consumia o mínimo, e produzia o máximo que seus braços podiam. Se os mineiros, apesar de tudo, acabavam executados por dívidas, a culpa não era do Rei, nem também dos negros. Hoje, a mineração paga muito mais e não se grita, quando os impostos sobre o ouro até parecem proibitivos.*"[3]

Quero lembrar também um depoimento de muito peso em favor de D. Pedro de Almeida: o de um mineiro nascido nove anos depois do levante, no próprio cenário dos acontecimentos. Refiro-me a Cláudio Manuel da Costa. Filho de pai português e mãe descendente de família paulista, pertencia Cláudio à primeira geração de nascidos em Minas. Escutara na infância as histórias truculentas dos primeiros povoadores dos sertões mineiros, aventureiros ávidos e audazes, predadores de índios e buscadores de riquezas. Ouvira narrar por testemunhas presenciais os episódios dramáticos da encarniçada luta entre Paulistas e Forasteiros, epilogada no sinistro Capão da Traição. Ouvira também, naturalmente, falar muito dos tumultos contra oa conde-governador. Como os apreciava e julgava? Lá o diz muito nitidamente no seu poema épico *Vila Rica*, canto nono. Depois de se referir a Dom Brás Baltasar da Silveira, que moderara as discórdias civis, passando o governo da Capitania a D. Pedro de Almeida, canta o poeta:

Domado o povo, e em sucessão gloriosa
Ao claro Almeida entregas a custosa
Porção das Minas do Ouro, ó tu mil vezes
Digno filho de Marte, que os arneses
Acabas de romper entre os Iberos;
Que ousados braços, que semblantes feros
Te não cabe aterrar! Ao longe eu vejo
Erguer-se a multidão, que em vão forcejo
De atrair e render: vem arrastando
Infames chefes o atrevido bando:
Chegam, propõem, disputam: nem se nega
Teu intrépido rosto à fúria cega
Do fanático orgulho: oh! não se engane
O vassalo infiel; bem que profane,
Que ataque, e insulte a régia autoridade!
Ao destroço da vil temeridade
Será o campo teatro, e em sangue escrito
Chorarão sem remédio o seu delito.

3) Obra citada, p. 322.

Cláudio Manuel exalta aí "o claro Almeida", "mil vezes digno filho de Marte"; profliga com veemência "os ousados braços", "os semblantes feros" da multidão que contra ele se levanta, açulada por "infames chefes"; verbera o procedimento do "vassalo infiel", que profana, ataca e insulta a régia autoridade e vê justamente destroçada a "vil temeridade" e a chorar "sem remédio o seu delito" os cabeças do "atrevido bando". Sufocada a sublevação, "restabelece outro Almeida o real decoro; cresce a opulência no estado".

Como quer o romantismo histórico fazer da sedição de Vila Rica contra o Conde de Assumar um movimento precursor da independência e da república, se um ilustre filho de Minas, Cláudio Manuel, o cantor de Vila Rica, quase contemporâneo dos acontecimentos, não enxergou nela esse caráter e até a condenou, glorificando o seu sufocador?

A verdade é esta: o sentimento nativista não era concebível na época da rebelião, nem o era ainda, assim parece, setenta e tantos anos depois, quando foi escrito o poema Vila Rica.

Que adiantam entretanto tais depoimentos? As reabilitações póstumas são inúteis. O Conde foi julgado desde o começo, em nome do sentimento nativista. A história oficial, didática, construção idealistaem que a verdade entra como Pilatos no Credo, exaltou a memória do humilde rancheiro de Antônio Dias e exerceu a do justiçador que em holocausto ao frio princípio de autoridade suprimira cruelmente uma vida humana.

1946.

A “RESPEITOSA” DO ARAXÁ

Quem tenha visitado a suntuosa estância do Barreiro do Araxá, construída com o dinheiro de uma população pobre e sacrificada, para o uso e regalo das classes privilegiadas, não ignora a história de Dona Beija, a cujo nome está tradicionalmente vinculado o daquela estação de águas. Dona Beija, ou simplesmente a Beija (outros escrevem Beja), é a deidade tutelar, o nome poético da luxuosa estância. A fonte mais preciosa ali existente, a de água radioativa, denomina-se Fonte da Beija. Em volta dela erigiu-se uma vistosa edificação em forma de templo. Um templo, justamente. Pois não se tratava de cultuar uma deidade epônima?

A ironia — ou a seriedade — do acaso não podia ter escolhido melhor. Dona Beija foi uma rameira de alto bordo. Transtornou a cabeça de moços e velhos, depenou tropeiros e fazendeiros endinheirados, viveu no vício e no luxo. Morreu em idade provecta — rica e respeitada.

Prostituição, luxo e capitalismo são frutos inconhos de um mesmo tronco. A ideia não é minha: está na obra *Luxo e Capitalismo*, do ilustre e considerável sociólogo alemão Werner Sombart. Resumindo o tema dessa obra, disse seu autor: “*Assim, o luxo, filho legítimo do amor ilegítimo, é o gerador do capitalismo.*”

A vida é centrada sobre a mulher e, em consequência, sobre o luxo e sobre o sexo. As coxas femininas são o principal motor da indústria.

Acha-se a mesma ideia, tratada com malícia e finura, na comédia parisiense de Armont e Gerbidon, *L'école des cocottes*, que lemos em *La Petite illustration* e vimos depois representada no Teatro Fênix, do Rio, por Bibi e Procópio Ferreira. Uma figura dessa comédia, o Conde Stanislas de la Ferroniàre, professor de boas maneiras para “*demi-mondaines ascendentes*”, diz a Ginette, futura barregã de alta categoria:

— *Vocês têm um papel a representar na sociedade; vocês cumprem uma função social. Ê para vocês que o homem, por seu trabalho, acumula as riquezas. São vocês que provocam o luxo, encorajam o comércio, intensificam a indústria e galvanizam a agricultura. E são vocês que, tomando nas próprias mãozinhas todas essas fortunas, as difundem em derredor como maná benfazejo. Vocês não são unicamente as dispensadoras do prazer: são também as distribuidoras da felicidade.*

*

Bem escolhido nome, ou nume. Sem a perdição de Dona Beija, os antigos julgados do Araxá e do Desemboque não se teriam, talvez, desagregado da capitania e jurisdição de Goiás para se encorporarem à de Minas. E o Triângulo não seria mineiro.

O caso é que, correndo o ano de 1815, achava-se em Araxá o ouvidor-geral da comarca, Dr. Joaquim Inácio Silveira da Mota. Estando ele a palestrar, uma tarde, em frente de certa casa vizinha da Matriz, viu passar, a cavalo, a jovem Ana Jacinta de São José, conhecida pelo apelido familiar de Dona Beija. Contava quinze anos e era já mulher feita, lindíssima, segundo a tradição. Nascera para o amor, parece. Filha de casal pobre e humilde, deu origem desde menina a contínuas turras entre os fedelhos que a namoricavam. Na puberdade, sua beleza excitava os rapazes, que a disputavam e brigavam por causa dela. O ouvidor geral ficou fascinado pelos seus encantos. Desejou-a e — fato comum naquela época, quando se tratava de moça pobre e homem poderoso — fê-la raptar por seus lacaios e naquela mesma noite a violou.

A família da Beija era pobre, nada podia fazer, salvo queixar-se ao governador de Goiás, o que foi feito. Ora, o governador era inimigo do ouvidor-geral, e assim, este último, para sair do embaraço em que se achava, recorreu a um expediente astucioso, que deu o melhor resultado: intercedeu junto de Dom João VI para que os julgados de Araxá e Desemboque, como ardentemente desejavam os Mineiros, passassem para Minas, onde o seu julgamento não teria maior importância. E o Triângulo, sem mais delongas, passou da capitania de Goiás para a de Minas Gerais. Pequenas causas, grandes efeitos. Podem os historiadores mineiros querer mal ao sedutor de Dona Beija? Não podem, se é que o caso foi real. Não podem querer-lhes mal: nem a ele, nem a sua comborça.

Porque a Beija, conforme reza a tradição, viveu dois anos em estado de comborçaria com o seu sedutor. Era homem casado, mas o concubinato, naquele tempo, era mais frequente — ou mais às claras? Esta última hipótese deve ser a certa.

Daquela época nos ficaram testemunhos que depõem contra o relaxamento geral dos costumes. O naturalista Saint-Hilaire, insuspeito de quaisquer prevenções contra a gente de Minas, — muito antes pelo contrário, — no relato que fez de sua viagem às nascentes do São Francisco, censurou a ociosidade e a libertinagem por ele observadas no Oeste mineiro, mal deixara São João del Rei. Não lhe causaram boa impressão os habitantes de Formiga, onde os homens da classe superior davam o exemplo do ócio. Esse vício, naturalmente, originava outros. Disse o viajante: "*Em todas as povoações da Província de Minas, naquelas principalmente, por onde passam estradas frequentadas, encontra-se grande número de mulheres públicas; mas em parte alguma vi tanta quantidade como em Formiga. Uma meia dúzia morava no albergue em que pousei, e quase todas eram brancas. Essas mulheres não faziam propostas a ninguém; mas andavam para cá e para lá na varanda da hospedaria, exibindo aos olhos dos tropeiros encantos fenecidos pela libertinagem.*" E corroborou a sua opinião com a de Eschwege, que ali estivera anteriormente. Afirmara o sábio alemão ter visto em Formiga maior quantidade de meretrizes do que nos quarteirões dos portos de mar em que reinava a maior corrupção.

Em Araxá, como no resto da Província de Minas, notou-o Saint-Hilaire, o número de mulheres públicas era considerável, "*Cada vadio* — lê-se na *Viagem às nascentes do Rio São Francisco* — *tem uma amante com a qual divide o fruto das suas pequenas patifarias, e ela, por seu turno, ajuda o amigo a viver com o produto de algumas galantarias passageiras. Garantem-me, sem embargo, que há aqui muita gente casada; mas, pouco se respeita a fidelidade conjugal.*"

Não se escreveu ainda a história dos costumes nas Minas Gerais dos séculos XVIII e XIX. Seria sumamente interessante e pitoresca. Dificilmente se escreverá, porque, em geral, prefere-se evitar a verossimilhança com suas nudezas e cruezas às escâncaras, substituindo-a por simplórias mentiralhadas convencionais.

Voltemos a Dona Beija.

Quando a deixou o ouvidor-geral, andava ela pela casa dos dezoito anos. Seguiu o seu fado de zabaneira sertaneja e logo atraiu para si a melhor clientela dos amadores das Vênus vulgívagas. De várias partes do Oeste — Tamanduá, Formiga, Oliveira, Pitangui, São João del Rei — e de outros rincões mineiros, após longas jornadas a cavalo iam visitá-la bordeleiros de bolsa recheada, que já conheciam os seus encantos, ou deles tinham notícia. A visita tinha preço estabelecido; duzentos mil réis. É o que se diz, mas deve haver grande exagero nessa quantia, um dinheirão naquele tempo. Conta-se que Araxá, entre 1818 e 1836, viveu para Dona Beija. Os homens a cobiçavam, as rivais invejavam-na. As senhoras honestas, essas, amal-diçoavam-na.

Frequentava com assiduidade o Barreiro, para onde se dirigia acompanhada de um cortejo de admiradores. Bebia água da rocha e banhava-se nela, por crer que se achava ali a fonte de sua persistente juventude e duradoura formosura. Origina-se desse fato — verídico ou lendário — a tradição das virtudes curativas da fonte radioativa a que se deu o nome de Fonte da Beija.

Para facilitar a recepção de seus amigos em pleno dia, instalou-se em uma chácara, a poucos quilômetros da então Vila do Araxá. Ali se realizavam grandes patuscadas, animadas com vinhos finos e danças lascivas.

Aos quarenta e oito anos deu por terminada a sua carreira de mulher alegre. Ainda se conservava bonita, mas cumpria-lhe levar vida decorosa: era mãe de duas jovens, educadas nos bons princípios e já casadas com pessoas de consideração social. Certo dia, entanto, refere a tradição, um rapaz cortejou-a com insistência que chegou a impacientá-la. Vinha de longe e oferecia-lhe muito dinheiro. Ela aceitou, afinal, para se livrar do impertinente. Deu-lhe entrada em sua casa, à noite, e pediu-lhe que se despisse. Isso feito, a um sinal da dona da casa, entraram no quarto doisescravos. Subjugaram o moço e o moeram a pancadas, até que o atiraram na rua, nu, feito um molambo.

E agora o *happy-end,* Dona Beija mudou-se mais tarde para a Vila da Bagagem, onde, disse o seu principal biógrafo, Dr. Montandon, "matrona regenerada, que era, gozava de grande influência e elevado conceito social". Faleceu lá, nonagenária. O Estado honrou, não há muito, a respeitosa do Araxá. Oficializou o nome da Fonte da Beija e encarregou um teatrólogo federal de escrever uma peça sobre a sua existência legendária.

1951.

MÚSICOS NEGROS

Os escravos negros deram tudo, no Brasil, aos seus senhores brancos: mão-de-obra barata, alimentação, transporte, satisfações sexuais fáceis, lazeres para os "sinhôs" e as "sinhás" e divertimento com que encher esses lazeres. Os aventureiros que povoaram os novos territórios eram daquela espécie de ambiciosos dos quais se diz com razão que querem este mundo e o outro. Pecavam muito, mas temiam a Deus. Queriam riquezas na terra e, ao mesmo tempo, tratavam de garantir um bom lugar no céu. Morando em palhoças, construíam, entretanto, boas moradas para os santos que tomavam como protetores, Organizavam-se em irmandades devotas e promoviam festividades religiosas.

As festas do catolicismo foram sempre, ao próprio tempo, devoção e diversão. Antigamente, constituíam os principais senão os únicos divertimentos do povo, e ainda hoje as populações rurais não conhecem outros., Dentro da tradição católica, remanescente da época medieval, os folguedos, os prazeres, a própria deleitação artística, condenáveis ecm si, santificavam-se quando postos ao serviço da fé. Assim, as representações teatrais, as artes plásticas e a música eram honradas, se tomavam formas expressamente religiosas.

Festa de igreja pede música. Como a conseguiam os primeiros moradores das Minas do Ouro? Recorrendo ao elemento servil. Os músicos que se podiam arranjar eram pretos ou pardos, amestrados na maioria dos casos por padres que entendiam da solfa. E logo os escravos que aprendiam a tocar passaram a valer melhores preços. Quando o ouro borbotava a flux nos ribeiros das Gerais, em princípios de Setecentos, e passava imediatamente das mãos dos mineradores, mal o apuravam, para as unhas ávidas dos marotos que vendiam utilidades ou tafularias por preços astronômicos, um negro bem feito, valente e ladino valia trezentas oitavas de ouro, isto é, tanto corno como três bois, ou três barrilotes de aguardente, ao passo que um bom trombeteiro negro valia então quinhentas oitavas, o mesmo preço de um bom oficial crioulo. Melhor cotação, só uma "mulata de partes", como se dizia das bem prendadas de corpo e de ânimo.

A música acenava ao escravo negro, e sobretudo ao mulato forro, como uma vida mais folgada e menos triste. Era, mesmo, um convite à ociosidade, gratíssimo a uma raça que já traz no sangue o ritmo e a voluptuosa indolência. Não é de admirar pois que tivesse aumentado rapidamente na Capitania o número de músicos pretos e pardos, de tal sorte que, com o correr do tempo, empobrecidas as minas, o fato chamaria a atenção das autoridades zelosas de seu governo.

No último quartel de Setecentos, a ociosidade era geral nas Minas. Os homens livres, que em Portugal eram a escória do povo, queriam ser fidalgos no Brasil, desprezavam o trabalho e descarregavam todas as tarefas no braço servil. Por causa dessa presunção dos brancos, centenas de escravos e escravas, em vez de serem aproveitados no cultivo da terra e na extração do ouro, ocupavam-se em serviços domésticos. O mau exemplo, vindo de cima, propagou-se aos mulatos e às negras, os quais, uma vez libertos, não queriam trabalhar nem servir. Resultado: entregavam-se à ociosidade e aos vícios. Era exatamente o que observava J. J. Teixeira Coelho, em 1780, na sua *Instrução para o governo da Capitania de Minas Gerais*. Lê-se nesse precioso documento da época: "Aqueles mulatos, que se não fazem absolutamente ociosos, se empregam no exercício de músicos, os quais são tantos na Capitania de Minas, que certamente excedem o número dos que há em todo o Reino. Mas em que interessa ao Estado esta á aluvião de músicos?"

A observação, bastante curiosa, expressa numa realidade que surgiu com o Brasil moreno: o gosto do mulato, mimoso das senzalas, pela vidinha flauteada. Se eu tivesse imaginação e fosse inclinado às arrojadas generalizações, diria que no fato apontado já se lobrigava a existência de um precipitado —*passez-nous le mot*... — etno-sociológico, que se poderia cifrar em três palavras: música, mulataria, malandrice. Três emes.

Deixo isso para outros e cinjo-me ao simples fato.

Bem se está vendo que não me refiro aqui à música tipicamente negra, folclórica, mas à música europeia, ensinada pelos brancos aos homens de cor. Geralmente analfabetos, estes a aprendiam quase sempre de ouvido, e era assim que tocavam nas bandas de música do interior, tão populares e queridas ecm todo o país. Em Minas, onde quer que crescesse um povoado e tão logo se pensasse na edificação da piedosa capela, cogitava-se ao mesmo tempo da banda de música, para abrilhantar as procissões e as festas realizadas em benefício das obras da casa de Deus — quermesses, barraquinhas, tômbolas, leilões. Em outros tempos, era o mestre-escola ou o vigário o regente da corporação musical, invariavelmente denominada "Nossa Senhora da Conceição" ou "Santa Cecília", não sendo raros os lugares onde existiam as duas, quase sempre rivais, atendendo a paróquias e partidos diferentes.

Até os últimos anos do Império e da escravidão não eram raras as filarmônicas compostas de negros analfabetos e orelhistas. Conheci os filhos de Trajano de Araújo Viana, professor de Música e compositor, nascido na fazenda dos Carneiros, do antigo Curral del Rei, atuali Belo Horizonte. Mestre Trajano ensinou Música em Sabará, Juiz de Fora, Ouro Preto e outras localidades de Minas. Foi professor de Música, por concurso, da Escola Normal da antiga capital do Estado. Quando andava pelo município de Juiz de Fora a ensinar a sua arte, recebeu do Conde de Cedofeita o encargo de organizar uma banda e um corpo coral entre os escravos da sua fazenda do Belmonte, próxima daquela cidade. Ao que ouvi de um de seus filhos, saiu-se airosamente da tarefa, tendo conseguido, sabe Deus a poder de quanta palmatoada, que uma porção de escravos, negros e negras, sem saberem ler nem escrever, aprendessem não só a tocar variados instrumentos, mas ainda a cantar, em latim, missas e ladainhas. Foi assim que, por ocasião da visita feita por D. Pedro II à fazenda do Belmonte, pôde o Conde receber Sua Majestade com ruidosa música e soleníssima missa cantada.

Foi naturalmente baixo o nível musical ao tempo da Colônia. E não somente a música era deixada então para os homens de cor: acontecia o mesmo com o teatro.

Até já bem entrado o século passado não melhora muito o nível musical. O naturalista austríaco Pohl, que visitou Vila Rica em 1820 e teve ocasião de comparecer a saraus do palácio do governador e em residências de particulares distintos, observou que a capital mineira carecia de artistas capazes de proporcionar concertos musicais agradáveis.

Nossa cultura musical melhora depois da Independência e apura-ssse na segunda metade do século último. Embora escasseassem no interior os meios mais necessários ao cultivo superior da música, ainda assim floresceram em Minas muitos musicistas de talento acima do comum, como por exemplo Tristão José Ferreira, chamado "o Palestrina mineiro", padre José Maria Xavier, padre João de Deus, João Batista de Macedo (o "Pururuca"), João da Mata e outros que podem lembrar-se, pela maior parte homens de cor.

Nas cidades mineiras, sobretudo nas mais antigas, persistentemente coloniais pela fisionomia e as tradições, era de índole sagrada a manifestação superior da arte musical. As produções sacras missas, ladainhas, novenas, matinas, hinos, solos ao pregador, antífonas, endoenças etc. — executavam-se com grande agrado nos soleníssimos atos religiosos, em especial os da Semana Santa, celebrados tradicional-mente em Ouro Preto, São João del Rei, Mariana, Sabará, Diamantina, Santa Luzia... E São João del Rei, mais que Ouro Preto, foi no passado século uma escola prática de música religiosa. São João e Lavras disputam a honra de haver dado o berço a João da Mata, preto de notável merecimento, na opinião de seus coetâneos, que o celebraram principalmente como compositor sacro, embora escrevesse de preferência música leve. Ao tempo da presidência Melo Viana, o escritor Gustavo Pena ventilou pela imprensa a ideia de se erigir em Belo Horizonte um monumento a João da Mata. Tal monumento, ao nosso ver, não consagraria unicamente aquele músico genialoóide e humilde, mas valeria também como um preito de reconhecimento a todos os negros que trabalharam pela cultura musical mineira. A ideia, parece, esteve a ponto de concretizar-se. Veio porém outro governo, e não se pensou mais nela.

Nossos músicos do passado, nossos músicos de cor, estavam presos à música de tradição europeia. Não buscavam ainda uma arte que refletisse as particularidades da nossa sensibilidade, arte despojada o quanto possível das influências despersonalizanstes. Nem sequer a suspeitavam, talvez. Mesmo por linhas travessas, entretanto, contribuíram para que se chegasse a esta meta: a música brasileira, que hoje realmente existe e em cuja formação é profundo o influxo do negro.

1947.

Este livro foi composto com a tipografia Times New Roman
e impresso pela Meta Brasil.